邓一光南方短小说

Deng Yiguang's
Southern Short Fictions

VII

我在红树林想到的事情

What Came to Me among
the Mangroves

邓一光 著

南方传媒 | 花城出版社

中国·广州

图书在版编目（CIP）数据

我在红树林想到的事情 / 邓一光著. -- 广州：花城出版社, 2025. 6. --（邓一光南方短小说）. -- ISBN 978-7-5749-0514-6

Ⅰ. I247.7

中国国家版本馆CIP数据核字第2025CC0815号

我在红树林想到的事情
WO ZAI HONGSHULIN XIANGDAO DE SHIQING

邓一光 / 著

出 版 人	张 懿
责任编辑	林 菁　杨柳青　李 卉
技术编辑	凌春梅
装帧设计	韩湛宁+亚洲铜设计
肖像摄影	吴忠平
封面摄影	韩子墨
出版发行	花城出版社
经　　销	全国新华书店
印　　刷	深圳市福圣印刷有限公司
开　　本	787毫米×1092毫米　32开
印　　张	6.875
字　　数	127,000字
版　　次	2025年6月第1版　2025年6月第1次印刷
定　　价	398.00元（全7册）

版权所有·侵权必究。如发现印装质量问题，请与出版社联系。
联系电话：020-37634658　37602954

I
第一爆

II
我们叫作家乡的地方

III
香蜜湖漏了

IV
你可以让百合生长

V
抱抱那些爱你的人

VI
带你们去看灯光秀

VII
我在红树林想到的事情

VII

我在红树林
想到的事情

What Came to Me among
the Mangroves

目录
contents

我在红树林想到的事情
001

所有的花都是梧桐山开的
017

深圳在北纬 22°27′~22°52′
037

仙湖在另一个地方熠熠闪光
065

北环路空无一人
083

簕杜鹃气味的猫
107

豆子去哪了
135

像一块即将消失的陨石
161

骨头城堡

185

后记

207

我 在 红 树 林
想 到 的 事 情

樊鸿宾带我去深南大道看房子。房子美轮美奂，价格昂贵，我买不起。我们离开那里，去滨海大道看另一处房子。那处房子也不错，像一片珊瑚虫的坟茔，倚山傍海，器宇轩昂，让人有敬畏感，价钱也不菲。

"房子不错。有没有更便宜的？"我问。

"城中村怎么样？"他反问，尽量克制着，"这是深圳，你要改变观念。"

我知道城中村，那是一堆城市的淋巴细胞，气息叵测，盛产奇形怪状的故事。我对故事过敏。我对淋巴也过敏。而且，我还不至于那么不道德，把自己的坏毛病告诉樊鸿宾。他是我来深圳之后认识的唯一朋友，相当于我在这座城市里的过渡房。

"那怎么办，我的确买不起。"我说。

"你就不应该打买房子的主意。"樊鸿宾斜着眼睛看了我一眼，总结说，"你就不应该来深圳。你当深圳是联合国？联合国维和也得花钱。"

"也许还有别的办法。有吗？"我问他。我真的没有主意了。我想到从卢克索沿东部沙漠返回开罗的那一次，穆罕默德·白佑明提到的那些生活在沙漠中的贝都因人，他们不住政府为他们盖的美丽的白色房子，而在沙堆下用破木板搭一间岌岌可危的破棚子，心安理得地当甲壳虫，让人既羡慕又敬佩。贝都因人是好样的，可我不是贝都因人。

"要这样,你只能去红树林了。"樊鸿宾斩钉截铁地说。

樊鸿宾是一名画家,在罗湖有一栋气派的画院,虽然画院旁边的人工湖是一潭颜色可疑的死水,看上去让人起鸡皮疙瘩,但他在南山有一套漂亮的公寓,那是他的全额私产,他有说这种话的权利。

这样,我就去了红树林。

那个男人坐在那里或是蹲在那里,就在红树林边。天黑着,看不清生长在滩涂上泥质沼泽中那些奇异的胎生灌木。夜栖在灌木中的水鸟轻声啁啾着,听起来有点儿揪心。深圳湾对面的香港灯火璀璨,像一条磷火闪烁的巨蟒尸体。

我第一眼就看见了他。磷火映在他的脸上。他长得没有什么特点,和所有走在大街上的深圳人一样,只是他的头发在不安地燃烧,这一点不一样。

他很安静,蹲在那里不出声,但我猜想他和我一样,也不是贝都因人。贝都因人不那么蹲着,他们喜欢赤着脚在滚烫的沙砾中快速行走。现在我知道他是蹲着的,而不是坐着的。红树林是一个了不起的地方,它们是唯一与海洋和睦相处的陆生物种。

我在他对面小心翼翼地站了一会儿,隔着浓密的灌木丛。我有点儿被他静静蹲的样子吓住了,坐下来,坐了一会儿改成蹲。

"你好。"我说,"红树林没有房子,特别是在夜里。老樊不应该把我支到这里来对不对?"

很长一段时间他没有说话。也许他是一个哑巴。也许他在打瞌睡。也许他不想理我,或者他不认识樊鸿宾,虽然樊鸿宾是一个画家,而且在南山的闹市区有一套完全产权的公寓。

巨蟒的磷火在快速演变,黑夜没有办法按照黑夜的愿望嚣张。河口有潮湿的气息弥漫过来,红树林散发着淡泊的树脂味,在海洋的咸涩味道中显得隐约而尖锐。但这又有什么关系?

"深圳太贵了。"我说,意识到这话不准确,"房子太贵了。"

红树林中有什么东西动了一下,来自他那个方向。是海浪推动桐花树和苦郎树,或者是夜里出来觅食的海狸或海鼠。然后他说话了。

"我没想到钥匙会生锈。"他说,声音有点儿生涩。这很正常。"电子表不走了。身份证过期了。他们拿走了我钱夹里的照片。"

我不明白他在说什么。有一次我的钥匙也锈了,那一次我去了漠河。我迷恋上了阳光下闪烁着金属幽光的冰挂,差点儿娶了一个瞎了一只眼睛的姑娘,为这个我伤心了好几年。那真是一次心力交瘁的经历。还有一次,我的钥匙掉进厨房的下水道里了,但很奇怪,它没有生锈。

"怎么可能?"我说。我其实想说"不可能"。我想最好还是礼貌一点。

"他们说,记着办二代身份证。可这太难了。"他有些迟疑不决,"谁也没有两个身份,对不对?"

他说得对,但在黑暗中我不能肯定他的神情。我的脚趾被什么东西硌疼了。我猜想是一枚小石子,或者凸出地面的红树根茎。我能感觉到暗红色的汁液慢慢攀爬上我的裤腿。

我一直没有弄清楚,红树林靠什么生长。它生长在海里,是海岸边的房子,楼上居住着小青脚鹬、黑嘴鸥和白琵鹭,楼下住着砗螺、粒核果螺、栉孔扇贝、糙鸟蛤和寄居蟹,它们是长住居民。还有一些哲水蚤、波水蚤、刺水蚤、根管藻、三角藻和圆筛藻,它们在林岸边荡来漾去,是一些暂住居民。照理说,红树林属于海里的建筑,它怎么可以依靠笨拙的陆地黄蜂和红须蚂蚁来传粉和授精呢?

"他们还告诉我,小心外面的阳光。这一点他们说对了。"他又开口说话了,"大街上阳光明媚,而我太苍白了。我就像一棵过了季的除虫菊,全身上下都涂满了金色蜜蜡。"

"是吗?"我吃惊。他说话的口气像一个诗人,这让我原谅了深圳。一座城市是容易被原谅的,尤其是我们的内心有柔软处,而这个柔软处恰好被打开了的时候。想想鲜活的冰岛牡蛎被寒冷的牡蛎刀撬开时的感受吧。

"我不知道。"他有点拿不定主意,"我离开得太久了。十六年,是不是太久了?"

原来这样。"那还用说。十六年前迪拜还在卖珍珠,现在人家有花不完的'石油美元'。迪拜真是了不起。"我说,"你想抽支烟吗?你是深圳人吧?"

我从兜里掏出香烟。海风很大,火被吹灭了好几次。禁烟令无处不在,我不得不放弃。如果可能,我会放弃做一个人。我是说,不是吸烟的人,也不是深圳人,是人——如果我能做一枚砗螺,或者一丛三角藻的话。

"我不在乎房子有多贵。我有一套房子,是我母亲留给我的。"他语气肯定地说,情绪有了那么一点活跃。"她是一个好母亲,对不对?"

我不想说什么。母亲都是好母亲,但母亲最好和房子没有关系,那样真的太难为母亲们了。

海杧果、黄槿、海棠果、无毛水黄皮、老鼠簕,它们都是红树林的母亲,它们的果实成熟之后会快速长出胚根,离开母株落入海水里,几个小时内就能成活。谁能说得清母亲的事情呢?

"可惜我没见到她。"他说,"我是说,我没见到我母亲。"

"你是……"我想不会，听上去他不像十六岁的少年，"她去世了？"

这可不是一件好事。我来红树林不是为了安慰谁的，虽然深圳正在变成巨蟒，每天有几十万人离开，几十万人拥入，还有一些人绝望地跳楼和钻泥头车，但我不是政府，在深圳尚无产业身份，也没有加入义工组织。我不想买不成房，还得陪人蹲在黑漆漆的深圳河口抹一晚上眼泪。

"深圳每天有一万一千头猪、三十万只鸡和五十万斤鱼虾去世，那里面没有我的母亲。"他开了一个玩笑。

我松了一口气。他是一个幽默的人，即便是在黑夜里，在红树林这种地方，这让我感到高兴。

"但是？"我说。

"她走了。出国了。跟一个男人。"他说。

"哦。"我说。

"我不认识那个男人。"他说。他的语气影响了红树林，隔在我们之间的那片胎生灌林不安地摇晃了一下。

这个我明白。这种事情常见，没有什么可大惊小怪。

"她有很多男人。"他继续说，"我说不清楚他们有多少。"

"好吧。"我不能肯定应该怎么接他的话，"这是一件令人困惑的事。谁知道呢？"

"他们当中的大多数我不认识。"他说,"可这有什么关系?她给我留下了一套房子。"

"房子!"我说,心里呻吟了一下。我当然不是小青脚鹬,但我愿意做一枚浮游动物,或者一丛浮游生物,比如砗螺和三角藻。"祝贺你。"我有点儿违心。我觉得我有点儿卑鄙。

"我不想住进去。我是说,不想住进那套房子。"他说。"生锈的钥匙不是那套房子的。律师在我出来之后找到了我,他给了我钥匙。"他解释。"房子的确不错,什么都不缺,物业和水电煤气交到十年以后。但有一件事情我一直没有想明白。"

"它恰好不在地铁站口,还是它属于旧城改造项目?"我在想,既然这样,他那套房子,他母亲留给他的房子,到底是十六年前的产权,也就是他母亲离开之前购买下的新楼盘,还是更早以前的老楼盘,老到那栋楼里出生的孩子已经准备生下自己的孩子了?我还想,如果他不想住进去,那套房子恰好又有一间向阳的足够敞亮的盥洗室,他愿不愿意租个合理的价格?

"我就是不明白。怎么也想不明白。"他苦恼地说。

"你真的不想抽一支烟?"我下意识地摸了摸衣兜。"我是说,如果你能把烟点着的话,我就能抽一支了。你不明白什么?"

"我该不该谢谢他们。"他说。

"谁?"我说。

"那些男人。"他说。

有一阵我没有说话。我现在才想到,我不知道他是谁,有多大年龄,是干什么的。我也不知道他们是谁,他母亲的那些男人。这是一个重要细节,被我忽略了。很多东西在黑暗中消失了,但也有很多东西是在白天消失的。其实它们在那儿,但是我不知道,或者忽略了。

"你想,"他在黑暗中拿不定主意地说,"我母亲要和那么多男人干那种事情。就是说,那些男人,他们很可能为我现在拥有的这套房子掏过腰包,或者他们当中的一些人掏过。我该不该感谢他们?"

"他们是开发商吗?"我问。

"这有关系吗?"他反问。

他是对的,没有关系。房子就是房子,有什么关系?

"而且,我不知道去什么地方找他们。"他的口气有些伤感,脸上的磷火掉落下去一些,这使他好像往黑暗中隐去了一些,影影绰绰的,看上去有些模糊。"总是要谢谢的。"

"一定要谢吗?"我拿不准。

"我觉得应该这么做,去找那些男人,找到他们,说声谢谢。"他说,"可我去哪儿找他们?"

"你有他们的联系方式吗?"我问。

"没有。我没有。"他说,"我根本就不认识他们。我只认识他们当中的几个。他们是我母亲的朋友。我不能肯定他们和我母亲是什么关系。"

"也许没有关系。"我说,"我和很多人都没有关系。我以为有,或者他们以为有,但没有。事情就是这样。"

"当然没有。"他强调说,"我母亲并不和所有的男人上床。她有时候会在床上龇着牙揉她的额头,吃一点小饼干。她和男人并不总干那种事。她有头疼的毛病,而且总是感到饥饿。"

这就困难了。理论上说,肉食动物都吃肉,但也有只吃腐肉的。还有一种得到生物学支持的理论,是说肉在没有变成肉之前,并不想随便让谁吃掉。

"根本没有办法。去哪儿找,找谁?"他沮丧得要命,"我应该谢谢他们。当然我不会过分。"

"什么过分?"我问,"请他们和你一起喝一杯?"

"问他们是否爱我母亲,或者爱过她。"他有点儿生气,为我口气中的粗鲁,"这不关我的事对不对?我也不想知道。"

"这样说,你是对的,这的确是个好主意。"我由衷地说。

磷火在他的脸上和红树林的叶片上晃动了一下。我们两个都不再说话。隔着植物丛,他好像陷入了一种沉思,不知道是不是在考虑这个主意到底怎么样。

我有些累,蹲着不习惯。暗红色液体洇湿了我的裤腿,屁股上湿漉漉一片。我被自己的无所适从弄得打不起精神,很快就睡着了。

我醒来的时候,鸟儿的啁啾声轻轻传来,从红树林的那个方向。有什么东西在附近的滩涂上爬动,也许是海洋里的神秘访客。我在想一条滑腻腻的弹涂鱼,它瞪着好奇的眼睛在黑暗中盯我看的样子。

海风小了一些。我点着了香烟,看咫尺外磷火辉煌的巨蟒。我知道我身在的这座城市,它在奋起直追,肯定有希望成为另一条巨蟒。我被这样的念头鼓舞着,一时心花怒放。有一刻我忘记了前面发生的事情,以为自己一个人待在这里,待在红树林。

"我还想去一些地方看看。"他的话在黑暗中把我吓了一跳。我想起他,想起我不是一个人待在夜晚的深圳湾畔。这让我放弃了坐下来的打算。

他还蹲在那儿,一点儿姿势也没变。看起来他比桐花树更执拗。

他说他想去一些地方看看。我明白,他是一个出走多年的人,已经不熟悉深圳了,这座城市从一片沼泽地变成了一座超级大都市,已经有爷爷辈的户籍人口了,总之面目全非。十六年,不管过去他有多大,现在他都成熟了。他应该去看看他的母校,他的初恋情人,他第一次掉落牙齿的地方,或者他第一次哭泣的地方。

"也许你应该去吃一次猪肚鸡。"我向他建议,"这是深圳特色。你为什么不去?"

香烟的火光在黑暗中与巨蟒的磷火顽强地对峙着。我不知道我的主意对不对,也拿不准他有没有钱吃猪肚鸡。我们总是失去主意,在我们哭泣的时候,或者妄自尊大的时候。

他朝我看过来。黑暗中分辨不清楚,我觉得是,隔着红树林他在看我。

"如果能找到她,我就去。"他说。

"你母亲?"我问。

"你替我判断一下,喜欢留刘海的女人是不是很固执?"他没有接我的话,自顾自地说。

"也不一定。有一次我……"我说。

"她答应等十五年,只等十五年。就差一年。"他没容我说下去,"我应该早点儿明白这个道理。"

"一年的确比较漫长。"我只能顺着他的话说,"但和十五年比就不算什么了。"

"你说得对。"他停了一会儿说。

"我的确对。"我说。

"我在监舍里还有几件东西,走的时候太急,没顾上拿。"他微笑了一下。黑暗中看不清,但我确定他在微笑,而且他微笑的样子十分迷人。"我不想再回去了。留给舍友吧。他们会打起来。"

我在想监舍里那个乱糟糟的场面。有人抢爱华牌随身听，有人抢鳄鱼牌衬衣，它们都是十六年前产自本地的盗版商品。这座城市在努力洗刷过去的野性经历，它越来越成功，但狱警仍然头疼不已。他们生气地敲打着铁栅栏，把其中几个囚犯拖出监舍，关进反省室里。我想，那些盗版商品中一定没有那些照片，它或者它们是他的珍惜；他在失去它们之后就失去了这座城市，最终失去了自己。

可那又怎么样呢？城市会发达。城市的夙愿就是发达。城市才不管别的，不管谁能不能进入，谁能不能回来，这就是我们在生活着的时候得到的最大惊喜。

我这么想着，迷迷糊糊又睡着了。

再次醒来，天已经大亮。我是蹲在那里睡着的。站起来的时候，我有很长一段时间找不到自己的脚。

他不在了。那个男人。红树林还在。它们一直在，只是由黑变绿，绿得流油，在晨风中孩子气欢喜地摇曳不停。

深圳湾有一线银光跳跃闪烁。滩涂外的海域上有大吨位油轮停泊。海水退去，红树林露出交错纵横的呼吸根，它们像一只只婴儿手指，温柔敦厚地抓进亮晶晶的海泥中。但他不见了，那个昨晚和我说话的男人。

我离开待了一晚上的地方，绕过瓶花木和海漆树的隔离带，去那个男人待过的地方。那里有一些破碎的海石，还有一些惨白的贝壳尸首。我在那里蹲下来。

我看见了什么?

一只雌性的黑脸琵鹭。它双翅敛合,一动不动,优雅地伸着一双长腿站在那里,斜着眼睛看着我。它的雪白的冠羽在阳光中像王子披着的美丽外氅,让人自惭形秽。

现在我知道了,红树林是什么样子的,但昨晚那个男人,他根本不是在和我说话。他在和它说话,和这只优雅的有着雪白冠羽的黑脸琵鹭。他甚至不知道我在那里,在布满了婴儿手指般呼吸根的红树林的另一边。

但也不一定。也许和我说话的不是那个男人,而是这只优雅的有着雪白冠羽的长腿黑脸琵鹭。根本没有什么男人。根本没有谁和我说话。也许是我自己,我在这一边,和红树林另一边的我说话。

谁也说不清。这是在深圳哪!

晨曦快速变化。我在那儿停了一会儿,然后向那只优雅的黑脸王子挥了挥手,离开绿油油的红树林。在我离开的时候,海光灼灼,海风起舞,海水快速地升腾起来,无数的水鸟追赶上来,围绕着我,将我覆盖住。

我在红树林。这是深圳最好的地方。它是史前建筑群,比深圳更早,生存着一些可爱可敬的土著居民。我喜欢那些水鸟,还有砗螺和三角藻,还有水狸和刺水蚤,我爱它们。

我在想,红树林的居民们会不会和那个母亲一样,和那些母亲一样，在其他地方，比如在滩涂之外，或者更遥远的地方，也能寻找到栖息之地？

我在想，陆地生物已经彻底失去了回到海洋的机会，很多介壳类海洋生命在源源不断地爬上滩涂，成为下一个地球世纪的新主人；我觉得我可以向它们学习，去它们的世界，做它们一样的生命。我觉得我还是有希望的。

这就是我在红树林想到的事情。

注：深圳红树林毗邻拉姆萨尔国际湿地——香港米埔保护区，是中国最小的国家级自然保护区，中国"人与生物圈"网络组成单位成员，也是"国际保护自然与自然资源联盟"的重要保护对象。1988年以来，深圳城市建设中，不少于8项工程占有了该保护区土地，面积达147公顷，占整个保护区面积的48.8%，毁掉红树林35公顷，占原植被面积的31.6%。

2011年1月2日

于深圳

所有的花都是
梧桐山开的

他戴着客家人遮阳的青篾凉帽，宽松白衬衫，同色休闲裤，脚上趿一双绌麻编织的拖鞋，消瘦的下颏上撅着一绺菠萝似的稀疏的胡须。

他坐在一把酸枣木椅子上，身边围绕着一群健壮的本地土鸡，它们警觉地研究了我一会儿，再回过头去讨好地看他，一睥一瞥中透着满心眼儿的狭隘。

我在梧桐山的一栋老式客家围屋里找到他。猜不出他有多大年纪，也许过了耄耋之年，也许没有。这样苍老的脸，更像香港而不是深圳。

我没问他年龄的事。大隐于市，在城市这种地方，最好不要猜测上了年纪的人的年龄。

梧桐山上花草葳蕤，品种繁多，关于这个，中外游人自有公论，政府的官方网页上也有介绍，但梧桐山花木的历史出处问题，最近却惹上了不大不小的争议。有人认为，深圳的原地属花木全部来自梧桐山。反对者对这个观点大加抨击，并且指出地属花木的各自来历，如行道树种凤凰木、火焰木、小叶榄仁、人面子、红花羊蹄甲和大叶紫檀，灌木如双荚决明、软叶刺葵、扭叶红桑、桃叶珊瑚、小驳骨和软枝黄蝉，草本如蜘蛛兰、白蝴蝶、三裂蟛蜞、沿阶草、蚌花和红绿草，藤本如薜荔和异叶爬墙虎。意见双方争论不休，引起政府重视。作为政府官方网站的一名编辑，我拿到主编给的一份名单，奉命找到名单上几个资深土著了解情况，再把调查到的情况公布在网页上，以示公允。我就是为这个来梧桐山的。

梧桐山三十年前有土狼和狐狸出没，如今满山游人如织，狼和狐狸见不到了，山依旧花团锦簇。

欧阳先生的客家老围屋在绿篱中隐匿着。他是名单中的第一个。找到他不容易，用了几个小时。那些时间，一半用来向形迹可疑的外来租客们打听路，另一半用作反复穿越和撤出红桑、黄杨、紫薇和金叶女贞建构出的植物迷宫。

围屋是有年头的老宅子，修葺过，院子和一片林子拉通了，占了好几个宅基地的面积。院子布置得奇怪，客家传统的水源什么的全然不见，却到处悬挂着秋千，藤、木或轮胎做成的，还有一个红背桂和马缨丹造型的迷你植物城堡，像个空置的儿童乐园。

围屋里很安静，有没有儿童不知道，但院子里没有。欧阳先生一个人。他是商界奇数，庞大的事业挂在恒生指数上，公司股票表现稳定。看上去他喜欢清静。

名单上这么介绍他：政协委员，香港实业家，经营邮轮业，祖籍梧桐山。

我见到他的时候，他坐在院子里，身边一张看不出原来模样的茶几，有一下没一下用什么东西丢树上的莓子。那是一棵硕大的多刺树莓，树上挂满了令人馋涎欲滴的殷红色果实。树莓是制作意大利草莓蛋糕的上佳调味品，味道非常不错，能治肾功能衰退、遗尿、痛经和贫血。

我坐在欧阳先生的对面，考虑是不是需要拿出录音笔。后来我决定不那么做。我看了一会儿看明白了，是蚕豆大晶莹剔透的小石子，五彩纷呈，他手里捏一把，选一粒，丢出去，树上就落下一颗红得刺眼的莓子，土鸡们蜂拥而上抢莓子。他的准头非常厉害，弹无虚发，每一粒石子都能打落一枚莓子，但每一次只有一只鸡得逞。这是一个很好的游戏，符合深圳创意城市的理念。

"谁说所有的花都是梧桐山开的？"他停下来，微扬头，黑色的单纱帽帘挑起，用生硬的目光看我，手中的石子发出细碎的磨磬声。

"不是所有的花都是梧桐山开的，我没那么说。"我解释，"是所有的花木都来源于梧桐山。"

"一样。"他说，"有什么不同？"

倒也是。梧桐山开什么花，是不是所有的花都开在梧桐山，还是它们的祖先来自梧桐山，就像人们常说的，某某来自大山深处，这件事其实和我没有什么关系，我不过是奉命为一篇捅出娄子的文章找到一个人们都可以接受的说法，恰好又遇到一个什么也不懂却比谁都认真的主编。事情就是这样。

"花木有自己的家。它们有自己出生的地方。它们不会告诉别人。"他说。"总有一天，梧桐山上会没有花木,什么也没有,什么也剩不下。"他说,"你信不信?"

我没什么不信。隔着梧桐山,新界那边发展快速,半个世纪后,罗湖这边发展得更快,差不多一眨眼工夫,两个现代世界就先后出现了。有什么事情不能发生?

"要不要给你添只杯子?滇南天福,别看货贱,不值钱,回口相当不错。"他说的是正饮着的工夫茶,"普洱炒得太过分。植物都长孢子,大黄叶子,苦菊花,连烟草都长,没有什么稀奇。过分了。"

他说得对。他用莓子饲鸡,用长了孢子的普洱饲自己,人们就是这么形容高尚生活的。

"不用了,车上备了水。我习惯无色无味的饮料。"我不是客气,有时候人真的需要克制欲望。

"随便。"他说,顺手丢出一枚石子,鸡们一拥而上,簇拥成一团,一眨眼炸开,跟着得势者跑向一边。"梧桐山的花木的确有名,和天池里的金尾娃娃鱼一样有名。"

"我不知道天池的事。"我也没听说过金尾娃娃鱼,"你见过那鱼?"

"谁也没见过。说了几十年,都那么说。"他说。

"你不会觉得我孤陋寡闻吧?"我说。

"听口音你不是深圳人。北边来的?"他问。

"从江西来。我不是深圳人。"我说。

"难怪。那你就没见过五月大逃亡,那几天梧桐山上开的花了。"他说。

"五月大逃亡?"我没明白,"你在说什么?"

"那一年,梧桐山上的花木长得特别好。"他自顾说下去。有一阵他停下往刺莓树上丢石子,好像在想什么,后来又恢复了。"五月份嘛,正碰上雨季的头,满山花红木绿,那么多人在山里冲过来冲过去,簕杜鹃木棉花红绒球什么的落了一地,脚都下不去。我去山上拾菌子,蛤蟆菌、麦角菌、木贼——木贼你知道吧?"

"不知道。"我老实承认。这没有什么不好意思,既然是从北边来的。

"一种寄生植物,长在树上,不开花,能治关节炎和湿疹。"他说,"没走几步我就掉下去了。不是掉到悬崖下,是掉进花瓣堆里,半个人被花瓣埋住。那一年梧桐山上的花木糟蹋得狠,比过台风还厉害。"

"请等一等,我没听明白你在说什么。"我说,"你说五月大逃亡,到底是怎么回事?"

"偷渡,逃港客。你没听说过?"他轻轻抬了抬细麻编的拖鞋,把一只赖在脚上的褐色母鸡赶开。那些健壮的土鸡不耐烦地站在一边看。主要是看我。看来它们对我很有意见。

"1962年,还有1978年。我算算,前后加起来有三十个年头吧,一直没断过。你从没听说?"他不相信地看着我。

"没有。"我来了兴趣,"我是新来的,没人告诉我偷渡的事。请给我说说。偷渡,逃港客,五月大逃亡。"我想应该解释一下,"倒不是说和梧桐山上的花木有什么关系。你刚才说,花木都糟蹋了,真有这事?"

"当然和梧桐山的花木有关系。我说的就是梧桐山的花木。我又没说七娘山,又没说凤凰山,又没说羊台山,说的就是梧桐山。"他不高兴,手里的石子倒腾到另一只手上,去茶台上取过蛋形陶杯,又放下。"多好的花木,倒成了一山花浆子,莲塘河满河漂着花尸首,两个月没落下干净。可惜了。"

"没人管吗?怎么会没人管?"我说。

"花木?你见过谁管过花木?"他说。

"我说的是人。"我不想和他争,"我说偷渡,逃港客。"

"管什么?"他说,"人们只管翻过梧桐山,去山那边的新界。现在你明白了吧,梧桐山是逃港客的必经之路。"

我明白了。名单上说,他是香港人,深圳原住民,就是说,他说不定也是逃港客中的一个。我被这个发现激动了。我想应该了解一下,他当年是怎么从淹身的花瓣中挣扎出来,成了一名香港人的。我没有花瓣淹没的经验,谁又有呢?这与梧桐山的花木有关。

"你刚才说1962年,五月大逃亡是那一年发生的事情吗?"我问。

"1962年。"他肯定地说,"春节刚过,大批内地饥民就来到梧桐山。成千上万,每天都有人成群结队越过边境进入新界,溜过去,或者闯关过去。"

"饥民?你是说三年粮荒的时候?"我说。

"缺粮,饿得受不了,政府又不让邮寄锌铁盒子。"他说。

"什么锌铁盒子?"我说。

"没吃的嘛,你们北边不是有吃观音土的吗?"他说,"有人给香港的亲友写信求助,香港那边就给寄食物。米面不能寄,不让生火。食物煮熟,粮食呀烧鹅呀什么的,装进锌铁盒子封死,寄到内地。政府后来发现了,禁止邮包入境,这就开始往那边逃了。"

"边防公安呢?"我换了个话题。怎么说我也是政府网站的编辑,有些问题过线就不好了。"我是说,随便就让过去了?"

"哪能那么随便,要不叫闯关?"他说,"公安在边境上设了好几道岗。还有民兵,以后又调来解放军。可扛不住人们潮水似的往梧桐山上跑,再潮水似的往山下拥,怎么管?"

他把手里的小石子放在茶台上,用一块雪白的湿巾揩了揩手上的汗,又去一旁的小布袋里抓出一把石子。

看得出，他有不少这样的小石子。

"5月16日那天，我和未婚妻在山上刨番薯，正刨着，一群青壮年突然从林子里钻出来，手里举着木棍和铁棒，一声不响往山下冲，几百个吧。"他目光炯炯，菠萝似的胡须在阳光下轻轻抖动。"我没反应过来，呼呼啦啦，山上又钻出一群，是妇女、老人和孩子，先是几百个，然后成千上万。他们手拉在一起，也有抱着和背着的，跌跌撞撞，跟在青壮年后面往山下跑，公安要拦，拦不住，几道岗哨一下子就被冲垮了。有一个腿脚不方便的老人，我看见他抱住一个公安，那个公安年纪很小，不到二十吧，被人群冲倒在地上，踩得奄奄一息。他拽住一个年轻女人的脚，那个老人瘸着腿过去，从地上捡起一块石头，用力砸公安的手，手砸开，把人死死压在身下。老人大声叫吓坏了的年轻女人快跑。我猜，那个女人是老人的女儿吧。"

我打了个寒战，下意识收回脚，朝两边看了看。鸟儿远远近近地叫着，灵雀或凤头鹃，听上去在互相斗嘴，突然就飞走了。

"年轻女人很快不见了。老人没跑掉，被几个民兵捉住。"他继续说着，"人们剪破铁丝网往新界那边冲，有的来不及抢到茬口，用衣裳垫在铁丝网上，就那么拉着衣裳扯着肉地翻进了新界。那些铁丝网还是新的，头一天才重新拉上，上面还挂着机油。"

他说这些话的时候，停下手中的石子。一只软冠雄鸡啄功敏捷，先前抢到好几只莓子，尖喙上沾着殷红的莓汁，这个时候抖动翅膀，扯着喉咙鸣叫了一声。

"我的未婚妻哭了。她坐在番薯地里，全身发抖，哭得死去活来。"他把一枚石子捏进手心里，爱惜地揉搓了一下，"就在那一天，她告诉我，她不愿再刨番薯了。那块番薯地是我偷偷在山上开的，背着生产队，已经刨了几百遍，连一根番薯须都刨不出来了。她说她要当逃港客，要么她就死。"

"这么说，你和你未婚妻也做了逃港客？"我说。

"差不多吧。当时我们没走，过了十年，我母亲咽气了，我才下决心走的。我老婆先走。就是我未婚妻，她已经做了我老婆。我们不是梅州人和番禺人，梧桐山上有我的祖坟，重土难迁，说走不容易。"

有一阵我们没有说话。土鸡们在我们身边走来走去。那只啄功了得的雄鸡离得较近，不满意地歪着脑袋看我。我有点儿心神不宁，担心它会冷不防发动攻击。

"你说你妻子先走。"我提醒他。

"唔。"他点了点头，看一眼手掌里，好像在数石子的数量。"七十年代以后，抵垒政策撤销，两边都加强了封堵，那边连直升机都用上了，强行冲关越来越困难，扒火车更行不通，陆路已经走不动了。公安满山遍野抓人，男人抓住剥光衣裳，鞋子也脱掉，女人个个衣衫不整,露着身子,一车一车往回送,像动物一样。有人不甘心,半路跳车逃跑,就那么摔残在路边,铁路公路过一段时间就得收一次容,不然就死了。"

"你们改成走海路?"我猜是这样。天空宽阔无界,是自由通行的大道,可惜人不是鸟儿,没有翅膀,有四只日后进化成手脚的蹼,可以选择祖先的路。我在想,日后他经营邮轮业,是不是与这个有关?

"是的。我送老婆从大鹏湾走的。有人走深圳湾,那里风浪小。还有人走前海湾,从伶仃洋过去,没船不行。大鹏湾这边管得比较松,过了鸭洲西澳,几十个岛子,什么地方都能上岸。"他说,"内地和香港以水为界,就是说,哪怕你被石子和刺稞划破的两只脚再脏,只要踩到海水,你就自由了——自由地生,或者淹死。"

"有人淹死?"我说。

"看运气了。海边也有人封堵。逃港客人山人海,他们从大鹏山的灌木和石丛中钻出来,蓬头垢面地往山下冲,没命地往海里跳。山边的悬崖上有很多海鸟,它们样子很漂亮,能斜着身子在风中逗留,海边有寄居蟹,安闲地在沙滩上爬来爬去。人们冲过来,海鸟吓得不敢落巢,寄居蟹被踩成一片肉酱。人们扑进大海,整个海湾的海水都被砸烂了。

"我在半山腰上看了好几天,看见很多人绝望地沉入海底。有人拼命向大鹏湾外的海域游,游着游着就不见了。海上全是浮板、木头、橡胶轮胎和硬塑料。还有人用汽水瓶子，几十上百个捆在一起。我从来没有见过那么混乱的海湾。我被吓坏了。我不知道人怎么可以这样亡命。

"公安和士兵到处抓人，他们的身上全是泥水，脸上也是，大声叫骂着，用棍棒和带铜扣的皮带凶狠地殴打逃港客。没有人理会他们。没有人害怕威胁和殴打。人们全都疯了。我看见一个十五六岁的少女，她被打得头破血流，衣裳撕破了，身上全是血。她抱住一个士兵的胳膊用力咬，往死里咬，直到那个当兵的痛得受不了，松开她，然后她从悬崖上滚进大海。我发誓，她就是那么滚进大海的，直接滚下悬崖，一头扎进她的逃亡之路。"

"天哪！"我说。

"这没什么。"他说，轻轻摇了摇头。他的菠萝似的稀疏的长须也跟着摇了摇，"这没什么。"

"你妻子呢，她成功了？"过了一会儿我问。

"是的，她运气不错。"他得意地笑了，温和的目光在黑色的笠帘下闪烁了一下，"她运气一直不错。小时候她妈妈说她有福。她是宽额头，大耳垂，你知道，就是有福的那种耳朵。"

我松了一口气。但他很快结束了我的轻松。

"就在那个时候，有人来找我。"他继续说，"我不认识她，是一个披头散发的大娘，看上去六十来岁，穿了一件皱巴巴的棉衣，棉衣上沾着一些乱糟糟的花瓣，看不出原来的颜色，已经发臭了，手掌上全是被刺稞子划出的血痂。她说她是医生。你明白这个意思吗？她是给人看病的医生，但后来不是了，是'牛鬼蛇神'，人们揍她，往死里揍，她受不了，想去一个不挨揍的地方。她让我把她绑在一个汽油桶上，再把她推进海湾。"

"推进海湾？你说她有六十岁？"我有些不肯相信。

"你让我怎么办？"他说，奇怪地看我，"没有人管她，那个时候谁也顾不上谁，你让我怎么办？"

我不知道该怎么办。老实说，我没有这样的经验，不知道该如何对付这样的事情。

"她看见我把老婆推进大海。我那个时候完全疯了，不断冲开奔向滩涂的人群，打倒了好几个想要抢我老婆木桨的男人，把他们打倒在海水中。海边人挤人，海里也是，人和海水搅成一片，你就觉得海水怎么一下子变稠了，本来是一整块，怎么就碎到不可收拾？我的脸上全是海水的碎片。我把一个疯了的男人打倒，再打倒另一个，冲着浪头里惊慌失措的老婆喊：'用力划！别停下来，用力呀！'"

他停下了，不再说下去。四周一片静寂。不远处有水流欢快跳跃的声音，那应该是莲塘河，下山以后就变成深圳河。阳光快当顶了，梧桐山微风如拂，吹在人脸上暖融融的。好在阳光更强烈一点也没什么，他戴着客家人遮阳的凉帽。那帽子雅称苏公笠，据说是苏东坡发配惠州时，不忍在花木下读书的爱妾朝云受骄阳之苦，亲手为她编织的。

"大娘心想，也许我能帮她。"他又开口了，"她是这么告诉我的。她说请你帮帮我，把我绑在油桶上。她没有求我。她说请。你知道，那个时候，她的口气真是礼貌得很，我听了背上直冒冷气。可是，你想象不出怎么会有这样绝望的汽油桶，它完全锈了，锈到我不敢靠近它，我怕轻轻一脚就会蹦破它，也不知道她打哪儿弄来的这个家伙。"

我想象那个锈蚀掉的汽油桶，那个老医生六十多岁，她悬壶济世的时间一定超过了香港经济起飞用去的时间，现在她手里有一条简易绳子，那是内衣撕成布带缠成的，她请人把她绑在一只破汽油桶上，它和她挤在人群中漂出大鹏湾，浪头来了，它沉下去，她跟着它沉下去，再拼命地仰起脑袋，吐出呛进肺部里的海水，绝望地咳嗽着，花白的头发贴在她苍老的脸上。

"后来我到了香港。是我老婆去香港后的第二年。三个月后，我从报纸上看到那个老医生的消息。那天香港天气晴朗，早上下了一会儿雨，没下多久就收住了。我在天水围的一家假发厂找到了工作。我和老婆决定合伙吃一份烧腊饭，庆祝一下。报纸不是我的，先前的食客丢在饭桌下，在等待煲仔饭的时候，我手抖得厉害，我害怕自己太激动，当着众人的面哭出来，就捡起被油渍弄脏了的报纸。我在报纸上看到了她。

"她在海里漂了十几个小时，被人发现的时候已经死过去，没有知觉了。那一段时间偷渡的成功率很高，逃过去差不多好几万人。"

"那么，你也是泅渡过去的？"我没有追问老太太的事。我觉得我离绝望的汽油桶和内衣做成的简易绳索太远。

"泅渡不是万全之计。"他老练地回答我的问题，"你知道红树林游魂的事情吧？"

"不知道。"我说，"怎么回事？"

"八十年代蛇口搞开发，就是深圳湾那个方向。挖土机清理地基，一次就从红树林挖出了很多尸体。"他说，"是逃港那些日子里被冲回大陆的。"

我在想，日月连汐，深圳湾潮起潮落，大鹏湾潮起潮落，前海湾潮起潮落，墨色的海水来了，又走了，然后再一次来。我在想，没被挖土机挖出的尸体有多少，没被海水冲回到陆地上的呢？我想不出来还有什么办法。但办法肯定有。雨燕在飞越太平洋的时候会在空中觅食和睡眠，它们甚至在空中交配，产下后代，人有没有可能向雨燕学习？

"扒渔船？"我猜是这样。我用这样的猜测问他。

他没有回答我的问题。他把那群健壮的土鸡轰开，让它们去稍远些的地方，刺莓树背后，那里有成片的植物迷宫，一声不吭的皇后葵，大王棕和槟榔。

"听说过马思聪这个人吗？"他安置好他的土鸡们，回头问。

"好像是中央音乐学院院长，音乐家协会副主席什么的吧？"我不能肯定。几十年过去了，谁也没法肯定。

"我和他在一条船上。"他说。朝院子里看了一下，不知想到了什么，"不光我，不少人乘上了诺亚方舟。香港的企业需要大量劳动力，他们希望有人造出更多的诺亚方舟。那一次是我、马先生，还有他的家人。"

那只软冠雄鸡离开鸡群踱回来，不耐烦地瞥了我一眼，目光凶煞。我不知道该不该起身，去刺莓树边用力摇上一阵子。我没有那么做。我们就坐在梧桐山一栋有了年头的客家老围屋外，坐在正午的阳光下说着话，直到一大群鸟儿从头顶上飞过，又换了一大朵乌云飞回来。

我起身告别。我觉得我已经打扰欧阳先生太多了。他不该被打扰，他已经大隐于市，消失在梧桐山的植物迷宫里了。

我想已经差不多了，行了。

他叫住我，从酸枣木椅子上站起来，趿着脚上的绌麻拖鞋朝我走来。他在我面前站住,犹豫了一下,扭过脸去,把目光投向院子里。

那几架空空的秋千在微风中轻轻摇曳。

"我一直没有对你提起我的女儿,对吧?"他说,"不好意思,我应该告诉你她的事,她是当事人。"

我站在那儿,等他说出下面的话。那群土鸡出现在红背桂和马缨丹造型的迷你植物城堡外,吵闹着向我们走来。

"她那次也在,我老婆逃港那一次,她带走了她。"他口气平静地说,"我女儿六岁。刚满六岁。我老婆逃港的头两天,我们在家里为她过了生日。家里点了好几盏油灯,亲戚们都来了。我们从来没有为她过过生日。家里穷,过不起,那是她第一次过生日,她开心得要命。"他停了一会儿,好像在想三十年前那个开心的生日,那些明亮的油灯。然后他继续说下去,"我有没有对你说过她是一个漂亮的女孩子?对了,我没有提起她,我们一直在说别的。但她的确是个讨人喜欢的小姑娘。她叫莲子,欧阳莲子。你知道,就是莲蓬的孩子。

"我先把老婆送进海里,用绳子牢牢把她和轮胎拴在一起,让她接住桨。然后我把女儿从肩膀上剥下来,举过人群,交到她手里。女儿的脚落进轮胎里,她的小手划过我的脸颊。那是五月大逃亡之后我能做的唯一的事情。我在家门前种下了十二棵泡桐树,等着它们长大。十年后,它们的确长大了。我用其中的十一棵从机耕队里换了一只旧轮胎,用剩下的一棵做了三支桨,分两次把它们偷偷运到大鹏山上。你要知道,在大海里,桨是很有用的。你一个人,什么也指望不上,只能依赖它。

"我女儿很懂事,她没有哭,也没有闹。她很害怕,眼睛睁得大大的,眨都不敢眨,小胳膊紧紧地搂住我的脖子,指甲掐进我肩上的肉里。事后我看过,她把那里都掐出血了。

"人们喊着叫着,互相推搡。有人抢别人的游具,有人抱住别人,任何人,说什么也不肯松开手,因为他们不会游泳,他们希望别人带他们泅过大海。我打倒了好几个红了眼的人,把他们直接打倒在海水中。我说关于桨的事,我说过这个事对不对?但我女儿一直没有哭,我的女儿,她一声也没有哭。

"是的,她太小了,刚满六岁。我不知道她在哪儿,她现在在什么地方。我老婆至今不肯告诉我,大鹏湾里到底发生了什么事情,我女儿在什么时候离开了她和那只轮胎,不见了。那天深圳和香港的天气不错,海上没有风浪,以后接连两天也这样,在雨季里,这是难得的天气。我以为她们母女俩都能过去,我就是那么想的。"

他戛然而止,不再说什么。风儿吹过,院子里的那些秋千来来回回地摇晃着,在没有负重的情况下,摇晃得轻盈。过了一会儿，他冲我挥了挥手，回过身去，走到酸枣木椅子旁，弯腰去拿那装有小石子的布袋。

我穿过秋千和植物城堡，离开花团锦簇的老围屋，沿着一个又一个植物迷宫离开梧桐山。我走过的地方花木葱郁，芬芳扑面。现在我知道他为什么回到梧桐山了。这是深圳最高的山，虽然海拔不足千米，但山上开满了各种各样的花。

2011年2月3日

于深圳

深 圳 在 北 纬
22°27′~22°52′

夜里他又做了梦，梦见自己在草原上，一大片绿薄荷从脚下铺到天边。他很兴奋，从粉红色花丛上一跃而过，凛冽的风把耳朵吹得生疼。然后他就醒了。他看了看床头柜上的闹钟，下夜两点。她睡得正熟，习惯性地蜷缩着身子，一只胳膊无助地举过头顶，一绺头发耷拉在脸上，嘴嘟噜着，婴儿似的贴在他的小腹上。

他从梦中醒来的时候，她吧嗒了两下嘴，扭过脸去，再扭回来，吮吸住他的小腹。她喜欢用她的嘴。她的头发很柔软，搔得他痒痒的，忍不住想尿尿。

窗外的北环立交桥上有载重货车驶过，听声音像是碾过一段长长的雨水。他决定不起来喝水，就那么躺着，说不定可以接着睡，假使他不去想什么的话。

最近他老是在半夜里醒来，有时候是凌晨。如果不想什么，大多时候他可以接着睡，到早上再醒。但他还是忍不住要想。

最近他经常想一些事情，那些事情让他心里不安。比如这个时候，他就想，他怎么会在草原上？他在那里干什么？好像他是一个人，没有别人。也许一只巨大的黑色褶菌上徘徊着几只桔翅舞虻，一大丛暗黄色大茴香下藏着一匹小眼睛旱獭，梦中，他没有注意到这个。他明明看见一大片绿薄荷，叶端生着金色的斑点，它们从他脚下一直铺到天边，他怎么就能一跃而过？还有，绿薄荷的花是淡紫色的，他在梦里看到的绿薄荷却分明开着粉红色的花。他这么想着,脑子越来越清醒。他不认为这是值得提倡的事。

这段时间公司很忙,是梅林方向出关道路狭窄的事,市民意见很大,有关单位扛不住压力,拓宽改造工程正在节骨眼上。他是监理工程师,有些疲于奔命。负责业务的公司刘副总吼过来,胡总工程师再接着骂,他觉得精力越来越不够用,睡眠再不保证,情况会变得很糟糕。

他还是起来了,去盥洗室,处理掉膀胱里的存液,再去客厅接了一杯纯净水,靠在鞋柜边,一口一口慢慢地喝水。

窗外星辰亮得耀眼,载重货车依次驶过。他知道它们并没有碾过雨水。北环立交桥刷黑工程刚结束,也是他的监理。减噪板没来得及装上,问题出在这里。

杯子里的水喝光了,他转动着空杯子,困惑地想是不是应该再续半杯。纯净水很清凉,尤其在万籁俱寂的时候。他靠在鞋柜上想,他不是第一次梦到草原,最近好几次做梦,他都在草原上。深圳在北纬22°27′~22°52′的南海边,南海没有草原,这一类梦与他的生活似乎找不到必然联系。但为什么他老是出现在草原上?他弄不懂。他去厨房洗了杯子,把杯子收好,关了灯,回到卧室。他发现她已经起来了,盘腿坐在床上,人发着呆,锁骨下有一条浅红色压痕。

她的锁骨很漂亮，胸脯也是，这弥补了她肩宽的缺陷。有一段时间，她怀疑他是因为她漂亮的锁骨才和她上床的。"你这个卑鄙的引诱犯。"她对他说。

但那么说过以后，她仍然保持裸睡习惯，而且喜欢打开屋里所有的灯。她宣称这符合肉体和精神完美结合的梵我一如境界。

"等着吧，我的乳房总有一天会耷拉下来，你总有一天会暴露无遗。"她快速冲到他面前，大声冲着他叫嚷。她伶牙俐齿，作为一名优秀的瑜伽教练，她有一张了不起的嘴。

"你怎么啦？"他说。

她没理他，腰身笔直地端坐在床上，目光涣散，不看他。

一绺柔软的散发滑落到她的脸颊旁，不注意会以为是阴影。她的两条腿几乎收到了胳膊上。她在神游中也保持着妙曼的姿势。

"睡吧，"他说，"不到三点。"

他上床睡，拉过被单盖住自己。她还呆呆地坐着。

他再一次问她怎么了，稍后打开床头灯。他发现她在流泪，无声无息，脸上湿漉地印着浅浅两行。

他坐起来，还没来得及问下一句，她向他挪来，窝进他怀里。他感到肩膀上热乎乎湿了一片，心里轻轻颤了一下。

"又做梦了?"他说。

"雨把我冲到泥水里了。"她委屈地抽搭一声,"雨大极了。我的脑袋撞在一片叶子上。叶子上全是湿透的虫子。"

"没事。"他轻轻拍她的背。那里有一层细细的粉质,凉丝丝的令他留恋。"没事了。"他说。

他安顿她重新睡下,为她盖好被单,关上床头灯。

她很快睡着了,身子蜷缩起来,蛾蛹似的钻进他腹下,嘴唇贴在他小腹上,吮吸着。他没睡着,完全清醒了,睡不着了。

整个白天他都在工地上没头没脑地奔波。

胡总工两天前入院了,累得吐血,抢救了一次,输了好几百CC别人的血液。刘副总一上午来了三个电话,下午索性杀到工地,下车就开骂,什么话脏骂什么。

没有人偷懒。在深圳你根本别想见到懒人。深圳连劳模都不评了,评起来至少八百万人披红挂绿站到台上。但没有人管这个,也没有人管你死活。深圳过去提倡速度,现在提倡质量,可在快速道上跑了三十年,改不改惯性都在那儿,刹不住。

他累,却只能忍着,无处可说。

他对自己越来越不满意。工作压力倒没什么,谁都有压力,问题是他不应该再给自己施压。而且,他不能把自己的压力带给她。

他发现她最近也开始多梦了,还都是那种情绪焦虑的梦。他们已经决定结婚。两个人不是头一次进入婚姻,但他们认为有必要格式化对待对方。"反正都要下地狱,那就结个伴下好了。"她开玩笑说。她还开玩笑地问他,为什么他不去储存精子,也许他的精子里隐藏着一个或者一群天才,那样她就赚大了。

他当然不会选择让科技来掺和他的事。孩子可以过几年生,但他得自己解决这件事。

他三十八,她二十七,他对自己和她信心十足。可他最近老出神,这就不对了。

晚上回到家,他们说到她昨晚的梦。

晚上本来加班,带班的是理工大的校友孟工。他问清楚,布吉那边出了事故,刘副总今天肯定赶不来查岗,他就向孟工请了假。

公司严格按照《劳动法》支付加班费,工时成本和管理费这一块公司向来大方,这也是为什么很多人宁可累得不再有性爱,也坚持保住这份工作的原因。

"国家早解放了,个人的解放早着呐,就算咱们为自己打一次抗战吧。"孟工苦笑着对他说。

平时他从不加班。倒不是为了加班费。他的薪水不低,如果结婚,他能应付楼价居高不下的压力。他只是想在老板面前挣个好印象,以后有机会做项目经理,这样就不用替那些愚蠢的官僚顶缸受罪了。

她告诉他昨晚的梦。她在梦里又变成了一只蝴蝶。这一次,她在热带雨林里快乐地飞翔,没想到遭遇上劈头盖脸的雨。前两次她在莫名的地方,一次是气候干燥的北非沙漠,一次是冰雪覆盖的南极。在北非的时候她能开口说话。在南极的时候她不能说,用的是哑语,因为不习惯用触角或足打手势,差点儿被一只帝企鹅误会了。

"你一个人?没有别人?"他问。

"是蝴蝶。一只蝴蝶。"她纠正他。

"我是说,就没有别的蝴蝶陪伴你?不会吧?"他改口。

"你不会是小心眼吧?我要说有,而且是男蝴蝶,你又要去露台上抽烟,对不对?"她嘲笑他。

他们在厨房里。她忙着清洗紫包菜和甜椒。他替她打下手,去冰箱里取千岛酱。她还打算做一个汤,回家时她带回了刚出荚的青豆。

然后他们吃饭。她在节食。从八岁开始,一直坚持到现在。她是个素食主义者。认识他以后,她也不让他吃红肉。在充分考虑过戒烟导致的副作用,并且咨询过专家之后,她同意他每天吸烟不超过五支,烟的牌子必须是"五叶神"。

"我不想离开一个大粗腿,又落到一个大肚腩手里。"她说的是她的前夫，一个过了气的拳击教练。对一名拥有傲人身材的瑜伽教练，这个要求并不过分。

"那么，雨是怎么回事？"他配合地问，把一勺清水煮燕麦喂进嘴里。

食物简单而精致。一大钵蔬菜沙拉，"吉之岛"能提供的新鲜品种几乎一样不少，然后一人一碗燕麦粥。

他在餐桌前正襟危坐，一个人。

她不在饭桌边。她从不坐着吃，端着盘子满屋走动，一眨眼在这儿，一眨眼在那儿，饭桌只是她取食的地方。她从来没有耽搁过取食，也没有胃病，这一点让人生气。

"一直阳光明媚。微风。我在一大片金合欢林子里飞着，雨就来了。"她盘腿坐在沙发上，用一把干净的勺子喂自己西红柿青豆汤，停下来想着梦境里的事。

"你怎么就肯定是金合欢？梦，你能看清？"他填了一大勺清爽的洋葱什么的在嘴里，嘟囔着说。

"怎么不能肯定？"她把盘子放在腿上，空出手来比画，"这么长的荚果，粉红色的花序。谁能长出这么长的荚果，你长长看？"

他心里咯噔了一下，想到昨晚他的梦。

他梦到绿薄荷，也是一大片，比她说的金合欢更大，大到天边，也开着粉红色的花。只是，金合欢开粉红色的花没错，绿薄荷应该开淡紫色的花，为什么也是粉红色?

"喂,想什么?怎么不问我雨的事?"

一眨眼她出现在餐桌边,两手不空,噘着嘴吹了一下落到额前的散发,从"尤利格"蓝色玻璃菜钵里快速取了两勺生菜。

她噘着嘴吹气的样子显得顽皮,像是在嘲笑谁。

"雨怎么了?"他愣一下,想起来,接上她的话,"你刚才在说雨,雨很大,对不对?"

"大极了,一眨眼工夫我就被雨水淋湿了,怎么都抻不开翅膀。风也大起来。"她说,"我被吹到地上,撞上一片叶子。不是合欢叶子,又厚又硬,是浆果鹃,要不就是冬青。"

一眨眼她又去了露台的门边,身子弓形依在那儿,赤着的脚踝上蓝色血管隐约可见。

她将一大片甜椒费力地填进嘴里,想了想。"你说怪不怪,明明我在金合欢林子里,"她困惑地说,"它们去哪儿了?"

吃过饭,她去冲凉。他洗完碗碟,熟悉了一遍明天的工程进度。

他本来想去露台上偷偷抽一支烟,想到她让雨伤了心,别再另添伤了。再说,一会儿还得刷两遍牙,得不偿失,就免了。

生活上她是精细主义者,做的菜一点儿没剩下——

他不让它们剩下。洗碗的时候,他看见碗里还留着半只没做的甜椒,顺手拿它当了水果,在温习工程进度的时候吃掉了。

他是在认识她之后改变食谱的。她偏喜蔬菜,他当然要配合她,向绿色植物致敬。

单身时,没有大肉他会烦躁,食无肉,毋宁死。为这个,他们吵过几架,差点儿闹到分手,以后他改变了。

她变脸比他厉害。她站在那里,微笑着看他,嘴角露出揶揄的神色,身体融化似的往下落,四肢及地,匍匐着爬向他。他坐在那里,抓紧椅子扶手,咽一口唾沫,紧张地盯着她。她爬近他,浪头涌动似的涨起来,赖进他怀里,耸动鼻子,猫一样上上下下在他身上嗅。

"你储藏了多少吨肥油啊?"她绝望地说,然后挣脱他的胳膊,冲进盥洗室里呕吐。是真呕吐,不是秀。她皮肤细腻,瘦削的脊背上凉丝丝的,抚摸时,手指上会留下令人陶醉的粉质感。他说不清楚是不是因为这个,油腻食物渐渐对他失去了诱惑。他开始接受素食,并且越来越喜欢清爽的新鲜蔬菜。

不过,他不大愿意承认这是粉质感的原因。她是可爱的瑜伽教练,严格遵守职业操守,从不威胁他。要是细究,充其量她只是动用了色相,算作色诱吧。但骨子里,他不希望她在生活中对他过于严谨,严紧更不行。有时候,他仍然有些伤感,为渐行渐远的牛羊肉。那是多么美好的日子，现在那是别人的日子了。

梅林关拓宽改造工程进入关键期，他再一次梦到草原。这一次梦境很逼真，梦的内容也很清晰。

他在焉耆草原，和一群老成的褐牛、呆头呆脑的大尾羊在一起。有两只翅膀巨阔的草原金雕从他头顶掠过，阴影半天没有消失。

他兴奋地奔跑着，快速超过几头慌里慌张的灰毛猞猁，一群目中无人的野骆驼和一队傲慢的丹顶鹤。

他是一匹马，一匹黑色皮毛四蹄雪白的马。

他不知道为什么梦中他会出现在焉耆草原，而不是别的什么地方，但他能肯定梦中发生的事情。

在梦中，他就是一匹马，撒着欢，无拘无束。从梦中醒来后，他还在大口呼吸，胸脯剧烈地起伏，小腿肚子发紧，膀胱也发紧。而且，他的后颈上有一层细细的汗。

他去了盥洗室，处理掉膀胱里的存液，觉得心跳不那么快了，被风吹疼的耳朵也恢复了温度。

他对着镜子看了一会儿，去客厅接了一杯水，靠在鞋柜边，一口一口慢腾腾地喝着水，回想刚才的梦境。

"他"从波光浩瀚的博斯腾湖跳上岸，快乐地打了一串响嚏，晃动身体，黝黑的皮毛上水珠四溅而开，几只在湖边打洞的麝鼠吓得飞快地躲藏进红花丛中。

这是梦开始时发生的事情。

"他"从一片细碎的雪花中穿过,在一处高地上逗留了一会儿,眯缝起眼睛看远处的群山。

有一阵"他"似乎看见了人。是一个头戴翻耳皮帽的小男孩。这一点"他"拿不准。

"他"能肯定"他"穿过了一片森林,因为"他"认出了森林边上顶着积雪的茂密的贝母草,还有一只带着小紫貂的母紫貂。母貂不满地朝"他"看了一眼,赶着两个孩子很快消失在森林中。

接下来的所有时间"他"都在草原上,和一群兴奋的大屁股野驴追逐不休。"他"四蹄凌空,脖颈有力地伸向前方,长长的披鬃飞扬起来,快速越过一片胡杨林,越过零乱生长着焉支草的砾石地带,把气恼的傻驴们甩得看不见影儿。

这一切结束的时候,梦境中只剩下"他"。雪原无垠,一轮巨大的金红色太阳在地平线上静静地看着"他"。然后他就醒了。可是,他有点纳闷儿,为什么在梦里"他"是一匹马?而且,他回忆起来,在前几次梦里,"他"也在奔跑。梦境不清晰,正是因为"他"在疾速奔跑。"他"跑得太快。他不可能像真正的马那样习惯捕捉快速掠过的影像,所以梦的内容才会模糊不清。

有一点可以证明,每一次醒来之后,他都在急促地呼吸,臀部紧绷得厉害,身上有一层细细的热汗。现在他明白了,为什么每次醒来时耳轮上都会有被强劲的风吹过的灼痛感。他在黑暗中喝完了杯子里的水，又去接了半杯。他消耗了不少能量，需要补充大量水分。

他喝着水，觉得这种情况真是好笑。他最近一段时间连续做梦，这些梦奇异得很。他在梦中变成了"他"，变成了一匹马。"他"是黑色的马，皮毛发亮，四只雪花蹄，他记得一本书里管这样的马叫"夜照白"。

但如果他真的是呢？他是说，如果他真的是一匹马，他会是什么品种的马？他想了一会儿，觉得如果可以选择，他最好是有着精良辨识率的伊犁马，或者有着神秘身份的焉耆马。他在鞋柜上靠了很长时间，有点累，就去沙发上坐下。他想他失去自由的确很长时间了。自从懂事以后，他就不再有自由的感觉。马是著名的自由者，荣格先生会支持这个意象。

问题是，他不是马——马还是情绪奔放者，还是单纯的孩子，这完全不像他的性格。

他有轻微的自闭倾向，情感偏向含蓄，对进入生命的女人，即使到了可以亲昵的阶段，也从不失去克制。他甚至没有对前妻和现在的女友说过他爱她们。

他心思不单纯，有时候爱闹点小心眼儿，干什么都瞻前顾后，就算让他放风筝，他也会把平衡尾翼和牵引线检查好几遍，才开始心事重重地起跑。

最能说明问题的是，他做不到辞去眼下这份工作，再加两成累和三成委屈他也做不到。

谁不想自由自在地生活？谁不希望拥有辽阔的生存环境？谁不想在一览无余之地四蹄无羁地撒野？可那些都是书本里的东西。

人们怎么说？理想。理想永远是属于未来的安慰剂。他被自己的这个念头逗笑了。

他确定自己不是马——成不了马，做不到马那样，没有马的福气。

他在黑暗中无声地笑了一会儿，起身收好水杯，回到卧室。他被站在那里的她吓了一跳。

她在卧室门口，太空人似的飘逸地站着，迷迷瞪瞪地看他。他过来的时候，她一点感觉也没有，目光单纯，像在冥想课里。

他在黑暗中站了一会儿，向她走去，伸出手去心疼地握住她的手。

他把她牵回到床边的时候，下意识地朝闹钟看了一眼，心里说，她又做梦了。

第二天，他没躲过加班。

政府的问责制度在市政部门和下属企业像一条鞭子，抽得所有官员叫苦不迭。干活的人没有谁同情上司，鞭子抡得越狠越好，见血更好，可副作用是，公司的官员挨一鞭子，接下来干活的会挨上一串。

没有休息时间，午饭和晚饭都在工地上吃。快餐公司配送，热气腾腾的酱肉包子和两面黄的香煎海鱼。午饭他没吃，晚上饿得心里发慌，喝了四碗紫菜蛋花汤。

"说你，还没怎么的，先吃上斋念上佛了。色也是荤，你怎么不戒掉？印度人真害人。"孟工大口咬着包子，嘴角淌着一汪油说。

他眯缝着眼微笑，很受用孟工的话，尤其受用"害人"的话。他朝车来人往的工地上看了一眼，对曾经存在过的那片荔枝林充满遐想。

子非马，焉知草之美？他心里想。不过，他没有对孟工说出自己的心里是怎么想的。

大自然真是奇妙得很，它就是不让麻鸭和灰鲸坐到一张餐桌上去。人们从来没有想过这个问题——有一天，他们走出家门，发现自己的食物链上端被棘指角蟾和朝鲜蓟占据了。它们趾高气扬，不可一世地冲他们大喊，叫他们滚开。他们发慌地想，怎么办，那就交换吧，我们去吃孑孓和活性水。可他们发现棘指角蟾和朝鲜蓟的食物链上端已经被白腹鹞和马达加斯加彩虹鱼占据了，那些秃头的家伙和瞪眼的家伙冲着他们吹口哨，嘲笑他们。

这可怎么办？这样的世界还有丁点儿可爱吗？他那么想着，心无旁骛地扣上安全帽，离开腥腻味十足的监理点，高高地跃过一道警示牌，再跃过一道路障，跳跃着朝工地上跑去。

回到家已经是子夜零点，他累得精疲力竭，想要呕吐。

她还没睡。是睡过一觉,又醒了,新月式盘腿坐在床上,呆呆地。她在等他,想和他说她昨晚的那个梦。

他心想,饶了我吧,我宁愿让你啄一百次——如果能在我躺上床你再啄。

昨晚不是雨,是一大群向南方迁徙时途经的蓝尾歌鸰。擅长在翱翔中捕食的杀手们从低空扑向蝶群,那简直是一场灭绝"蝶"性的大屠杀。

她当然还是一只蝴蝶,和一大群蝴蝶兄弟姐妹一起,拼命逃向一片紫花苜蓿中。

她说不清楚自己是不是逃脱了那场灾难。她惊慌失措地抓住他的手,脸都变了形,一遍遍向他形容蓝尾歌鸰们在天空中发出的欢喜叫声,还有它们群体俯冲过来时的呼啸声。

哄她入睡后,他去了客厅,为自己倒了一杯水,一口一口慢慢地喝着。他还没有进入自己的梦,还没开始在梦中奔跑,却有一种强烈的脱水感觉。

她不该有什么焦虑。她是身心修持的 Yogini,集自然和心灵宠爱于一身的婴儿,怎么会和他一样,在梦中与自己产生分裂?

他困惑了一会儿,感到有些饿。他去了厨房,打开橱柜和冰箱。那里什么也没有。

他们从不吃隔夜的食物。他们甚至不吃隔夜的蔬菜。这也是为什么他们选择"吉之岛"的原因。

他知道蝴蝶的食谱朴素而单纯。它们只吃植物,栎、槿、槭、竹或草本,这和他的食谱近似——如果他是"他",是那匹黑色皮毛的雪蹄马的话。

这么说,他不再吃东坡肘子和白烩羊肉是对的。他和她是同一类生命,他对这个结果满意。他在厨房里洗了杯子,去盥洗室刷牙冲凉。他喜欢水,饮,或者戏耍。这和她不一样。她每次冲凉都是一次悲壮的仪式。她在沐浴前焦虑不安,每次都需要下很大的决心。如果他在,她会乞求他的鼓励。如果他不在,她会一遍遍鼓励自己,然后闭上眼,憋足一口长气,打开热水阀门,再从喷头下逃出来,冲进客厅,把自己紧紧裹在毛巾被里,瞪大眼睛发抖。

为这个他笑过她。他甚至把它当作整治她的手段——如果她惹他生气,他会把她剥光,扛起来,走进盥洗室,耐心地调试水温,在她发出求饶的呼喊声之前决不放下她。

从喷头中流出的活水让他变得清醒过来,浑身的疲乏消失掉,这使他畅快无比。如果不是太晚,他会来上几声,咏叹调或是民谣,随便什么都行。

他心里想,为什么不可以呢?我没有请人观摩的欲望,又不放声高歌,只是个人化地抒一下情,法律没有规定夜静更深的时候不可以轻声哼上两句。

他那么想过，真的就把阀门开足，叉着腰，仰起脑袋，对着清亮的水花张开了嘴。只唱了一声他就停下了。他被吓住了，被他自己。有好一阵，他呆呆地站在喷头下，清水从他的脑袋上流淌下来，在他脚上无声地滑走。

盥洗室的门关着，听不见窗外北环立交桥上载重货车驶过的声音，但他能够回想起他刚才发出的声音。是的，他的确听见了自己的声音——不是咏叹调，也不是民谣，而是一声轻轻的马嘶。他省过来，定了定神，关上水阀，从整体卫浴中出来，站到镜子前，仔细观察镜子中的自己。只看了一会儿，他就开始冒汗。他光着身子去了客厅，为自己点着一支香烟。他紧张不安地吸掉那支烟，把烟头处理好，打开窗户，让屋子里的空气尽可能变得通畅，然后他再度回到盥洗室的镜子前。

雾气已经散去，镜子里的他清晰可辨。这一次，没有什么可以让他侥幸的了。他身体纤瘦，皮肤细致，颈部细长而挺拔，属于体形修长的那一类马，不，那一类男人。他腿部健强有力，有一个结实的臀部，尾根靠上，从那里直到后颈上，一条暗色的鳗条穿过肩隆，不细看分辨不出来。

他盯着镜子，镜子里的他一点一点变化着。他分明看出了他自己。"他"不是他，而是一匹前肢收束起站立着的马。别这样。他对自己说，别这样。他把目光从镜子上移开,转过身,虚弱地靠在洗面台上。

他紧张地想,她会怎么看,如果他是一匹马?她欣赏他强健的长颈,迷恋他浑圆的臀部。"我要做一名出色的骑师。"好几次她洋洋得意地宣布。有一次他真的让她做了骑师。他驮着她,一口气登上南山,让所有情侣中的女性眼里充斥着对自己配偶的愤怒。还有一次,她生气了,不依不饶地要报复他。他答应,如果她追上他,他就让她啄三十下,用力啄。她当然没有成功。眼看着她就要追上他了,他总是在最后一刻敏捷地躲开,跳跃过任何身边的障碍,一眨眼跑出老远。

现在这些事情他全想起来了。她早就一语成谶——她要做一名骑师——她在一年以前就知道"他"是谁!他靠在洗面台上发了一会儿呆,然后离开那里,轻手轻脚去了卧室。

他这边的床头灯还亮着。她蜷缩着身子,一只胳膊无助地耷拉在枕头上,脑袋埋在他的半边床上,脸在光晕之外,睡得正安详。

他轻轻退出来,带上卧室的门,回到盥洗室,把门关上。现在,他是一个人了。他看着镜子里的自己,慢慢提气,张嘴,收缩丹田,启动声带。有一刻他怔忡着,然后他把脸埋进手掌中,绝望地蹲在下水口前。一点也没错,他听见了自己的声音,听得清清楚楚。那是压抑着的马嘶声。

至少一个星期,他是在恐慌中度过的。他时常犯愣,一个人坐在那里,或站在那里想着什么。梅林关道路拓宽改造工程进入收尾阶段,工地完全变成了战场。刘副总把简易办公系统和行军床搬到了工地,整天黑着眼圈到处骂人。胡总工挣扎着从医院里跑出来,让助手替他举着点滴瓶,摇摇晃晃在工地上转悠,或者随便扶着随便谁的肩头悲壮地喘息。

他这种失魂落魄的情况,不挨㨃才怪。他很快瘦了下去,络腮胡子也出来了,两天不刮就扎手。他开始厌恶所有的新鲜蔬菜,一闻到清新的泥土味就心乱,连紫菜类脱水植物也受到牵连。

他不再小跑着去工地,不再从警戒牌上一跃而过。他随时克制着,不让自己快速启动,与任何喜欢奔跑的生命严格划清界限。

因为这些,因为他的神经过敏和随之而来的迟钝和拖沓,刘副总已经忍受不了他,至少两次对他提出严重警告了。

他没有办法控制自己,控制不住。谁能告诉他到底发生了什么?他不敢去想他是谁。他甚至不敢想她是谁。他想到她做过的那些梦。她在梦里总是变成一只蝴蝶。想一想,她可能不是变,而真的是一只蝴蝶。

如果他是马,她为什么不能是蝴蝶?蝴蝶凡事用喙,她喜欢用嘴;蝴蝶有长长的触须,她头发软得撩人；蝴蝶收束起翅膀栖息，她蜷缩着身子睡觉。她不是蝴蝶还能是什么？

他是马，她是蝴蝶，他被这个念头逗笑了。但他只笑了一会儿就不再笑，笑不出来。他不在乎马和蝴蝶用什么语言交流、如何交配，谱系上，他这匹马总不能和她这只蝴蝶结婚吧？

工程剪彩通车那天，他没有参加庆功典礼，而是早早回了家。回到家，关上门，进了书房，打开电脑。他浑身脏兮兮的，满是汗臭，沥青没洗净的手掌上有好几个血疱。

他在谷歌搜索中查到了昆虫类，再查到鳞翅目，找到那些四翅被伏着数以千计瓦状重叠鳞片的小家伙。

他一幅幅翻动蝶谱，一幅幅看下去。他被一幅蝶图吸引住。

图上是一只漂亮的蝴蝶，有一对半透明的前翅，一对拖曳着的长长的尾翅。

他想，她领着弟子们做瑜伽操的时候，如果环起双臂，会有一层光环在她的身后弥漫开，她的整个人就像是透明的。而她的确有一双修长到不讲道理的腿。

蝶图介绍说，这种蝶飞行的时候双翅拍击得极快，甚至在栖息时翅膀也不停止振动，这和她平时的样子极像。除了瑜伽状态中，任何时候她都在快速运动。和他说着话，前半句话还在床上，后半句她就出现在厨房。

还有，这种蝶进食的方式和大多数蝴蝶不同，它们在花卉上盘旋着取食，不停栖下来，这完全是她的做派！

他感到自己的心脏在扑通扑通地狂跳。他把目光投向这只蝶的名字：Green Pragontail——透翅长尾凤蝶。他想起来，每一次他抚摸她的时候，手指上留下的那种奇异的令人陶醉的粉质感。

他感到背上热烘烘的，有什么正从那儿流下来，仿佛"他"在没有边际的草原上奔跑了一大段路，刚从梦中醒来。

他决定向维平做一次咨询。

维平是他大学时的球友，以后发展到除换妻之外能够任意的铁杆朋友。他学土木工程，大学毕业后分到深圳工作。维平学生物，在成为知名的生命科学研究者后被深圳大学作为人才调来这座城市。维平在新世纪后一直研究神秘生命现象，他的每一篇论文都能引起学界的骚动。

他选择了一个周末来做这件事。

她九点钟离开家，去为一位高端客户上心灵呼吸课。他任她快乐地挽着他的胳膊，送她下楼，看她骑着跑车出了小区。他独自在庭院里散了一会儿步，回到家，换了一套宽松的休闲装，坐到客厅里，拨通了维平的电话。

听完他的陈述，维平在电话那头沉默了很长时间。

他等着。他能听见北环立交桥上载重货车轰隆隆驶过的声音。一个婴儿在过道里咯咯地笑，然后消失掉。

大约七十七部载重货车驶过之后，他的耐心突破了临界点。

"你在吗？"他问话筒那头。

"在，当然。"维平像是从梦中惊醒，"你想知道什么？"

"也许我在幻想症状态里。我是说，某种我不知道的状态。你清楚，生活节奏太快，什么事情都有可能发生。"他说。

"你能来我这儿一趟吗？"维平避开他的问题，"博士生答辩安排在下午，我想我能抽出两小时时间。我们当面谈谈。也许需要麻烦DV。这个我自己就行。我以老同学和最好的朋友的名义起誓，任何时候，你的隐私权都会得到充分的保证。"

"出了什么事？"过了一会儿，他说。他想他真不该问这句话，还需要问吗？

"怎么说呢，牵涉到专业学科，一两句话说不清楚。"维平在电话那头说，听得出来，他在尽量保持冷静，也许这个时候他坐正了身子，"你听说过物种异换这个词吗？洛克菲勒基金会支持的一项跨国界研究，我恰好是这个项目的成员。"

"你不是在说灵异现象吧？"他生硬地说，口气里有一种揶揄。

"还记得大学毕业时我们和财大的那场球赛吗？我放弃了，把球传给你。我觉得做不到。你在我们自己的端线附近投出了那个球，它进了，我们以一分取胜，那是在终场前最后三秒时发生的事情。"维平显然试图说服他，"我一直在想那个球，这说不过去。可这没什么。生命的神秘现象不是科学，但所有的科学都有过前科学时期。问题在于，我们是否有足够的耐心和敬畏去认知它们。也许需要相当漫长的时间，连我们的孙子都等不及要看到这个结果，但我以一名负责任的生命科学研究者的名义向你保证……"

他没有等到维平说完，掐断了电话。

他的确做得过分，不该掐朋友的电话，何况是他有求于朋友。但这一次，他做不到意气相孚。如果他不是人类，而是一匹有着黑色皮毛四蹄雪白的焉耆马，他就用不着那么做，做不到了。

他静静地坐在沙发上，没有离开客厅。

阳光从窗外照进屋里，一些肉眼看不见的微小生命在阳光中飞舞。在他的视力范围外，还有更多看不见的生命在更广阔的什么地方活跃着。

现在，他能确定他是谁了，也大致能够确定她是谁。但这不是他要面对的全部。他需要面对的比这个多得多。

如果真像他所知道的情况，他是"他"，是一匹焉耆马,"他"曾经像风一样的自由,遵循细雨和雪花的引导,在博斯腾盆地美妙的沼泽地中快乐地奔驰,生活艰辛却从不烦恼,那么,他是否应该回到"他"的生活里去?如果是,他能否回到"他"的生活里去?怎么回去?

还有,她呢?她为不约而至的雨,或者突如其来的蓝尾歌鸲伤心,她肯定不知道自己是谁。他该不该告诉她,她不是她,不是她以为的她,不是有着修长双腿绕腹双臂的瑜伽教练;她是"她",是一只透翅长尾凤蝶,在正常的情况下,"她"应该回到阳光充足的林间空地上,在雨点落下来的时候,在遇到蓝尾歌鸲集群袭击的时候躲藏到温暖的榉木树林中去?

至少在三个小时的时间里,他阻止自己继续想下去。他无法想明白这些困扰他的问题,无法解决这些他承担不了的问题。他害怕想下去。

他离开客厅,走进卧室,把被单和床单从床上一件件收起来,把窗帘下掉,翻出她丢在衣柜外的所有衣裳,还有他自己的,把它们统统塞进洗衣机里。他脑子里一片嗡嗡作响。他说不清楚,如果他继续想下去,会出现什么情况?他会不会发疯?

整个上午他都在忙碌,不停地放水、甩干、取出和晾晒。到中午的时候,家里差不多被他里里外外洗刷了一遍。他看了一眼钟,她该回来了。他脱下湿了袖子和前摆的家居装，穿上衣裳，给她留了一张纸条，锁上门，去了车库。

直到他遇到第一个红灯的时候，事情才有了转机。他把车停在彩云支路的三岔路口，等待红灯过去。一辆漂亮的奥斯莫比尔停在他后侧，同样漂亮的年轻女驾手好奇地朝他看了一眼。他没有看年轻女驾手。他在那个时候看见了一个男孩。那个男孩生着一头蓬松的头发，背着一个巨大的有着卡通图案的书包，样子奇怪地往路口两边张望了一下，灵巧地蹦下人行道，快乐地跳跃着，飞速穿过马路。

没有人注意到头发蓬松的男孩，只有他坐在驾驶室里，也许正因为这样，他才能隔着前窗玻璃看清楚眼前发生的一幕。

他看到的不是头发蓬松的男孩，而是一只展开双翅掠地而过的稻田苇莺。

目送男孩消失在通往莲花山的林荫道中，他热泪盈眶。后侧的那辆奥斯莫比尔鸣了一声笛，向他示意，或者催他走。

现在他明白了，不是他和她，还有那个头发蓬松的男孩，也许还有更多——维平、老孟、胡总工和刘副总，他们焦虑或镇定，不安或顽忍，掩饰或坦然，却同样孤独地找不到同类。

也许事情远不止这些，还有更多隐身的生命在这座城市里默默地生活着。"他们"不是他们,不是他们以为的他们,就像这座城市不是焉耆草原、三江源、青藏高原、鄱阳湖、伶仃洋和头顶上的那片天空一样,谁能说得清呢?

他就那么脑子里转着这些奇怪的念头,脸上漾着从容的微笑,松开刹车,踩下油门,把车驶出警戒线。

2011年2月5日
于深圳

仙湖在另一个
地方熠熠闪光

3月11日下午,她和他联系上。

她在梧桐山下租了一套民居,是个幽静的度假村,没有人打扰。他那天一直心绪不宁,上班看电视,下班回到家,立刻打开电视。接完她的电话,他坐着犯愣,也没有去端回家时倒的那杯水。隔壁的邻居来敲门,说对不起,电视声音太大,影响孩子做功课。他反应过来,起身关上电视,向邻居赔了不是。

又坐了一会儿,他出门拦了一辆出租车,赶往梧桐山。

她在门口迎接他。她打开一条门缝,看他额头上全是汗。她问他怎么啦。他说没事,有点赶。她放心了,问他这一次能逗留多久。他说听她的。他说的是实话,他可以从地球上消失掉,只要她说,只说这么一句。她松了一口气。就是说,她不是担心他头上的汗,而是担心他没有时间。她说,这是最后一次。他说,听你的。但她和他都知道,她在说假话。她每次都这么说,最后一次。她已经说了好几次了,三次了吧?他点头。他想,除了点头之外,他应该做点什么。但他只是点了点头。她冲他笑了笑,露出他熟悉的细米牙,从门口让开。他们在门口轻轻拥抱了一下。象征性那种。她很快松开他,把门关上。

考究的两居室,窗外的仙湖静如处子。起居室收拾得很干净。靠南边的那面墙是视听区,有一台33英寸的电视，支着一套三加一组合沙发。原木餐桌放在屋子当中，两张凳子，桌上的果篮里有一些刚采回来的枇杷和杨桃，新鲜的枝叶上挂着晶亮的露水。通往厨房的门开着，灶台上一只瓦罐噗噗冒着气，鸡汤的香味弥漫了整个屋子。

她的一只箱子放在起居室的角落里，没打开。他没进卧室。他知道她的习惯。她的衣箱肯定在卧室里，衣裳已经挂进衣柜里了，浴衣在冲凉房里，洗脸水也在。她至少带着三件睡衣。

"不用关手机。"她说。她绕过他去鞋柜，为他取出一双棉布拖鞋，用剪刀摘去商标牌，递给他。她知道他，他刚才就在想，要不要把手机关上。

"你可以随时离开，想什么时候走都行，不用顾及我怎么想。"她朝厨房走去。他这才看见，她穿着一套宽松的居家衣裳，隐忍的小蓝花，腰里扎着带花边的围裙。她的腰肢还那么纤细。

"外套脱了，洗个手。衣柜里给你留了地方，我左你右。替你买了两双袜子。你没带袜子吧？"她在厨房里说。

"走得太急。给公司打过电话就赶过来了。"他解释说，还站在起居室里。

"今天晚了，明天去一趟超市，给你买两件衬衣，再买两条烟。我的烟也没了。你没戒吧？"她在厨房里查看瓦罐里炖的食物，大声说。"我没开车过来。这里打车不方便。不过，屋后停着一辆自行车，我让人把坐垫升起来了，你可以带我。"

她想得十分周到。他当然可以带她。也许她一直在想，想了几天，这要看她什么时候做出的决定。过去不是这样，过去他主外，也主内，她什么事情都由他操心，发夹放在哪儿了她都会问他。"我是不是有过一件湖蓝色的裙子？"或者"我的手机号是多少？"她茫然不知所措，一脸沮丧。现在她变得能干了，这让他多少有些失望。但他很快赶走不必要的念头。

"要不要休息一会儿？"

她从厨房里出来，靠在厨房门口看他。

他也看她。她没有化妆，刚洗过头发，能看出护发水制造的湿润。他不知道是不是要休息一会儿，有些犹豫。

"昨晚熬夜了？"她问。

"没熬。睡了五个钟头。"他老实承认，"没睡着。想今天睡。"

"还失眠？"她问。

"好些了。"他说，"大多时候睡不着。""眼圈都是黑的。"她说，"你瘦了。""他们都这么说。"他说。

她不知道再说什么。她不想问他，他们是谁。她觉得除了瘦了些，他什么都没变。他总是不变，这就是她对他的看法。他们又站了一会儿。他在起居室中央，她在厨房门口。后来，还是她让他去冲一个凉，他才放下背包，收起换下的鞋，离开了起居室。

他从冲凉房里出来的时候，她已经在卧室了。她为他铺好了被子。她带来的床单和被面，新买的，洗过又烘干，她喜欢的苹果绿颜色。他穿着她事先为他准备的两件套睡衣，有些拘泥，反复研究松紧带。然后他们上了床。他先上床，她去冲凉房待了一会儿，回到卧室，绕过床头去了另一边，从她那边上了床。她的绉绸睡裙一角扫过床头，滑落开，从他眼前消失掉，也是她喜欢的湖绿色。

他们在床上一动不动地躺了一会儿。一只鸟儿落在屋后的露台上，轻轻叫了两声，然后飞走。窗外的湖面上传来什么人大声喊叫的声音，不是很清晰。天花板上刷了一层保洁漆，他们都看着那儿，看一波水光无声地从那里漾开，接着再起一波。他屏气凝神，听她近在咫尺的呼吸。然后他就睡着了。

他们基本上整天都待在屋里，看电视。自11日大地震和继发的海啸之后，福岛一号核电站每天都在发生新的变故。12日下午，一号机组氢气爆炸。14日上午，三号机组氢气爆炸。15日，二号和四号机组相继发生爆炸。新闻频道滚动播出来自NHK电视台的消息。

他心里很不安，觉得有什么把他的坚持震垮了。他不想垮，但他坚持不住。再说，还有海啸，还有核泄漏，没完没了。他老是喝水，不断地喝水，呆呆地盯着电视屏幕，然后不甘心地去冲凉房。他把电视声音开得大大的，不想错过变幻无常的新闻。

她不太关心地震的事，有些心不在焉，但也陪着他看新闻，间或起身去厨房为他换茶水，或者削一只水果。她带着几本书，一本纳兰容若的《纳兰词》，还有一本葛瑞格·摩顿森的《三杯茶》。他在看电视的时候，她就盘腿坐在沙发上读它们。他知道那个发生在喜马拉雅山地关于承诺的故事，公司里的年轻人在议论了不起的葛瑞格医生。他和她谈那个滞留在羽田机场的岩手县的中年妇女。她没有回答他的问题，茫然地抬头看他。他忘不了那个中年妇女。她坐在候机大厅角落的消防厢上，欲哭无泪，四周是麻木地走来走去的人们。那个中年妇女穿着一件玫红色风衣，从背影上看，有点儿像她。

他们的手机没关，不断有信息进来。她的信息不多，主要是他的。有两个同事和朋友打来电话，问他的情况，简单交流一下防止核飘污的情况。其他就是客户的电话。他很快回了，把电话挂掉。她没有电话，一个也没有。

14号那天，他接到一个女人的电话。女人叮嘱说，如果下雨就别出门，窗户关上，尽可能吃富含碘的食物。女人打电话的时候，她就在他身边，电话里的声音很响，她能听见。她放下手中的书，起身走开，去了厨房。瓦罐里炖着乳鸽，她用汤勺打掉浮沫，把洗干净的天麻放进瓦罐。他的听力不好，有点耳背，这个她知道。

在那个危机四伏的岛国，他们没有亲人和朋友。是他没有。如果不算阿童木和一休、蜡笔小新和樱桃小丸子、幸子和奥特曼、哆啦A梦和美少女战士。但即使算，他们也是她的；他们一起成长过，是共同的朋友和亲人。

他没有往外打电话，也没问她需不需要和日本方面联系。问了她也不会说。她没有打电话是事实，也没有外线电话进来。这件事有些不近情理，可他不能问。他们说好，谁也别问谁的事，过去几次就是这样。只有一次，他忍不住问了她的事，她发了火，提前结束了假期。那次他很后悔。他知道她不容易。谁容易？

黄昏来临的时候，他们去湖边散步，沿着开满野花的湖畔小路。他们所在的地方不是游览区，几乎没有人走动。有一些疲惫的水鸟，匆匆忙忙掠过红泥小路回巢。还有几只毛发乱蓬蓬的松鼠，或者大眼睛田鼠，吃饱了硬壳食物，在不远的地方好奇地看他们。湖从脚边生出，向前漫去，漫到梧桐山下。

她挽着他的胳膊，傍着他往前走，踩倒一片开始聚集晚露的杂草。大多数时间里,她不挽他,他也不勉强。他告诉她关于湖畔植物的事,雌雄同株的红栎,开蝶形花的紫荆,还有两色叶的山楂。她听着,嘴角带着一丝笑容,不接他的话。有时候,他会忍不住,把话题转到那个危机四伏的岛国去,但很快就打住,因为看出她没兴趣,心不在焉。他觉得事情有些不真实。不应该这么静,不应该有鸟叫声。湖面浮着一层薄薄的彩釉,晚霞在天边快速变幻,黑夜来临的时候,梧桐山一点点地膨胀开。

有一天早上起来,她突然兴奋了,要去看清晨的湖水。他还在冲凉房里刮胡须。她急不可耐,脸蛋儿泛着红光,推开冲凉房的门,催他换上她给他买的运动衣。天还没亮,露珠还挂在野枫叶上,他们都知道那个游戏。一只刚醒来的长腿水蜘蛛静静地趴在水面上,突然启动,快速向前奔驰。水面划破,荡漾开,如果屏住呼吸,能听见轻微的扑哧一声。

她像个快乐的孩子,撞开缠脚的晨雾,跑到他的前面去。他在后面有点跟不上。她穿了一套阿迪达斯运动衫,光脚穿一双运动鞋,细细的脚脖子上沾着一片巨齿草叶,这个细节让他眼眶发湿。

如果没有遇到那只狗,一切都将显得完美无缺。那只皮毛暗淡的流浪狗饿了几天,情绪不正常,从一片树林里冲出来,吓坏了她。它咬住她的鞋跟,差点咬着她。他大声冲狗叫着,冲上去踢了它一脚。他额角青筋直冒,弯腰找石头。他差不多疯了。幸亏她拉住他。

"别欺负它。"

"放开我。"

"它只是路过。"

"它吓着你了。它差点儿咬伤你。"

"是你吓着它了。你没看它吓着了吗?"

"你会得狂犬病。"

"我不会。它也不会。"

他站了一会儿,手中的石头丢在脚边。石头弹了一下,滚进草丛里。他觉得还是应该把它捡起来,放回原来的地方。流浪狗瞧不起地朝这边看,瞥了他一眼,横着四爪走开,先是慢腾腾,后来小跑。树林里有什么东西在挪动。他心跳得厉害。她看他,目光闪烁了一下。她已经松开他了,又拉住,换了两只胳膊,把他搂住,脸贴在他的胸口上。小路上很安静,湖面有什么东西一跳。是朝阳,血红一片。他觉得说不出的委屈。他觉得他委屈了那只脏兮兮的狗,委屈了整个安静的世界。

后来他发现,不是她,而是他自己。他被狗咬了一口,在踝骨上。他没告诉她。好在他穿着悠闲裤,这个帮助了他。三个切齿印,有点儿破皮,但没流血,应该没事。他在想,疫苗注射期是二十四小时还是四十八小时?但他不能离开她去做这件事。他总得告诉她为什么他要离开，这样她会心慌意乱。他不想毁了这个假期。上一次假期是十五个月前的事。他从没想过要毁什么，但他们就是毁了，这是他一辈子都想不通的事。

回到出租屋，他在冲凉房里待了一段时间，用牙膏抹了几次伤口，还用了她的香水。他知道那没用，但还是那么做了。他养过一条狗。不是他们的，一条不知所措的小狗，不知谁丢掉的，到处找主人，狺狺地哼着。她反对他把小家伙带回家里，他只能每天上班的时候去看它，给它带一些食物。他打算赌一把。他灌了一肚子凉水，这样他就能不断地排尿解毒了。

然后他们坐在起居室里看NHK的新闻。

现在是福岛核电站的事了。好像控制不住，有些乱套。他心里静不下来，老是有幻觉，听见远处什么地方有广播车驶过去，通知大家开始逃亡。

插播广告的时候，他起身到院子里抽烟。三月的夜空很晴朗，繁星满天。他背后有两棵高大的唐棣树，噗嗒噗嗒往沙地上滴着露水。他抽完一支烟，又抽了一支。他知道自己的样子很幼稚。

她在卧室里叠衣裳，后来到院子里找他，挨着他在摇椅上坐下。她知道他哭过。也许现在没有，但哭过。他从不对人说，也不会让泪水流下来。通常情况下，他只是坐在那里看电视。他们什么也没说，坐了一会儿，她先起来，他也起来，一前一后回到房间。

她问过一次，他这几天不去上班，公司里有没有问题。他告诉她没有问题，她就不再问了。看得出她有些后悔，在心里埋怨自己不该问这个问题。他换工作不是一次，每次都是在和她见面之后，这个她都知道。但这一次不同，公司的确准了他的假。经理不是很愿意，假还是准了。他是老员工，如今用工荒，招普工都困难，他这样的老员工是香饽饽。

他觉得还是不解释的好。他清楚她的性格，越解释她越会生疑。她还是在害怕什么。她一直在害怕，只是过去害怕的东西，换了别的什么，他不知道而已。

他很想知道她的事情，一切事情。但他不能问，这是他们的约定。他和她吵过，骂过，闹过。有一次他们动了手。是她动手，急了，就动了。那一次她把他弄伤了。她从来没有服过他，这就是他们之间的关系。有人在海啸中死了，有人在对抗政府的军事打击中活着，有人在硒的渐趋弥漫中咬牙切齿，或者暗自哭泣，这就是世界的关系。他认了。但也不是全都认。

她坐在那里，看眸子里映出电视画面的他。她清楚他心里想着什么，不过她不会说，一句也不说。她为他洗衣裳，熨衬衣，叠袜子，削水果，他们一起做饭，但她不许他问她的事。他们有各自的生活，或者说，她已经有了她的生活，那个生活不是他的，也就不是他们的，不是他们共同的了，他无权过问。如果她连门都不让他敲,当然就更不会让他进门。东电继续沉默。政府含糊其辞,但也宣布了,福岛核电站附近的居民继续后撤,警戒线扩大到30公里。

15号那天,他们正在厨房里处理膳后事宜。她洗碗,他收拾垃圾,把垃圾袋里的海鱼内脏包装好送到院子里去。他的电话响了。他接电话。是个女孩子急促的声音。

"你在哪儿?"女孩子问。

"在仙湖。"他说。

"为什么不给我电话?"女孩子在电话那头大声质问,"地球都爆炸了!我都快急死了!"

"别急,我没事。"他快速地看了一眼正在洗碗的她,"有事吗?"

"我和人约好,明天去东京,再找车去岩手。"女孩子急匆匆说。

"干什么?你去那里干什么?"他紧张了,提高声音。

"去做国际救援队。"女孩子说,"飞往东京的航班被限制了,大家在商量包机。我需要你同意,否则他们不让我出境。我还需要钱,一大笔钱。"

"出了什么事?"他问,嗓子发干,"到底出了什么事?"

"HELLO KITTY妈妈在海啸中遇难了,"她没控制住,在电话那头呜呜地哭了,听得出来,她用纸巾捂住鼻子擤了一把鼻涕,"我要去找她,把她救出来。我不要她死。"

"给我打住。那没有用。"他低声呵斥她,"十万自卫队员在那里,德国和瑞士救援队在那里,中国人和美国人也在,全世界最厉害的人都在飞往东京的航班上,有用吗?"他说,"没有用。"

他和对方通话的时候,她把水龙头关小,停下洗碗,一动不动地站了一会儿,再把水龙头彻底关掉。她把保洁手套脱去,离开厨房,去了起居室。直到他收线,她还在起居室里。

他走进起居室。她坐在那里抽烟,眯缝着眼睛,看电视里自卫队员把一个老年妇女从被污泥埋了半截的汽车里抬出来。下一个画面,是害怕地大声哭泣的小女孩,她的妈妈把她紧紧地抱进怀里,当妈妈的也在哭泣。他在她面前站了一会儿,说没事。他说了没事,没有接着往下说。她把烟蒂熄灭在人工水晶烟灰缸里,起身绕过他,去厨房继续洗碗。

晚上他们吃蔬菜沙拉。他来之前,她买了很多食物,牛排、比萨、冷冻乌骨鸡。各种各样的食物,冰箱里装满了,厨房里也是。但他们只吃了蔬菜沙拉。好像他们忘了做其他的。她还是有顾忌,很多顾忌,还是在害怕。她在害怕什么?如果这一次他没有来,没有时间,或者决定不来,她会怎么办?她会松那口气吗?

她曾经提到过一次那个人。不是这一次，这一次她什么也没说。是三年前，也就是前两次。

"他脾气不好。"她那次突然说。

他停下手中做的事。他记得，当时他在为她修笔记本。她笔记本的电池出了问题。他抬头看她。她摆弄着一袋水果，荔枝还是什么的，用厨房剪剪下枝叶，她的脸上带着一种茫然的微笑，并没有看他，而是怔忡着看手中的剪刀。他等她说下去。她没有说，起身离开那里。他抓住她，然后松开手。

"怎么回事？"他问。

"我去看看窗户关上没有，好像下雨了。"她从他身边走开。

他知道那个男人。一个上市公司的年轻股东，事业遍布亚洲和北美洲，公司总部设在东京。他只是在报纸和电视上见过他。有几次是高端财经大会，还有一次是帆船俱乐部举办的慈善活动。那是大人物才能参加的活动。他从来没有机会接近那个人。他曾经有过一个强烈的念头，想和那个人见一面。他没有想好，见了面之后怎么办。他知道他做不到。他脾气太温和，这就是他的问题。

NHK恪尽职守。但他们在渐失往常的兴奋。他有一种感觉，事情没有完。也许会没完没了。

16日晚上，她对他说，明天他可以走了。他知道她在说什么。就是说,她要离开了,回到香港半山的豪宅里,或者暂时回到华侨城天鹅堡的豪宅里,关上门默默地待两天,再开着她那辆黑白两色车牌的布加迪,从罗湖出境。这一次,他们结束了。

她对他说那句话的时候,他正在为她刷鞋上的泥。他们下午去爬梧桐山,她偏要选择一条近路,要不是他拽她,她就出不来了。他听她那么说,停下来,下意识地朝卧室后面的露台上看了一眼。一天前,他去了露台,在那里看到两张凳子。是起居室餐桌配套的。一共四张凳子,在他到来之前,她挪出去两张,只在起居室留下了两张。

要是那一切都没有发生呢,会怎么样?他的意思不是凳子,他的意思是,如果没有另外的人,这个世界上只有他俩,当然这不可能,那就再加一个,最多再加两个,如果是这样,他们还会像今天一样吗?她会告诉他,他可以走了吗?

他看她,手里拿着鞋刷。她坐在沙发上,盘着腿,腿窝上静静地趴着她带来的书。他记得有两张书签的,但现在他没看见。

"我这是在干什么?我那颗傻瓜才有的心哪!"她说,然后哭了。

他蹲在鞋柜边,不知道该拿她怎么办。一个人离开什么地方,是有原因的,也许他不想再待在那个地方,也许他不想再做原来的那个他,也许他真的做不到,离开了,就再也回不来了,事情就是这么一回事,谁又会去想它呢?他是一名老员工,一名上司用得十分称手的老员工,他已经熬过了最艰难的那段时光,他明白这个。

他还是放下鞋和刷子,起身走向她,把她搂进怀里。她哭出了声,头埋进他的小腹里,指甲掐进他的胳膊。他拍她的背,轻轻地拍。他说,好了。他说好了,没事了。他就是那么说的。他不会哭,现在不会。他在想窗外的仙湖。他不知道湖里有没有鱼,有什么鱼,那些鱼,它们哭不哭?

他在想,其实他们完全可以不见面的。完全没有必要。他们见了面也没有更多的话说。已经说完了,没有什么可说的了,就剩下刷鞋和读书了。他还想,人这一生就是这样,不断地失去一点什么,再失去一点什么。他的家乡、父母、患淋巴癌的妹妹、懵懂的青春和看上去怎么也耗不尽的热情,它们在他来到这座城市之后,一样一样地消失掉了。他不想让它们失去,却没有把它们抓住,抓不住。他总是把事情搞砸。他想,其实这没有什么。

第二天早上,她送他出门。没有送出门,只送到门口。他自己收拾的行李。也没有什么可收拾的,就是一个简单的背包,塞进他从家里出来时随手抓的两件换洗衣裳。她在衣柜里留给他的空间根本是多余的,他没用。她本来想为他带一些东西,比如他们没吃完的水果,还有香烟,剩了很多。她为他买的睡衣、运动衫、内裤和浴巾,她在头一天晚上把它们洗了,烘干了,叠得整整齐齐。但最终没带。

她把门打开。先开了一道缝,她低着头,好像在想什么。然后她后退一步,拉开门,回头冲他笑了笑。

他没有动,站在那里。他真想做点什么,至少说点什么。但他看着她,什么也没说,什么也没做。他想起16年前在校园里遇到她时的那个场景,她在一群大学生当中,风把她的头发吹起来,贴到脸上。她的脸上有一层细微的汗水。人们全都消失了。他们还在那儿,但他看不见他们,只看见她。那个时候她多年轻啊!

他知道已经结束了——不是这一次结束了,是永远结束了——都在说纳兰容若的"人生若只如初见",却不说那首《木兰花令》的最后一句,"比翼连枝当日愿"。他有什么东西被她带走了,在那个人出现的那个夏天,然后他就死了,再也找不回来那个感觉了。

这四天,他们没有身体上的亲昵接触。一次也没有。他们做不到。想做,但做不到。

他朝门口走了一步,打开门。她站在他身后。他没有回头,直接走出屋子,回手把门关上。门锁卡地响了一下。他下了台阶,朝露珠晶亮的小路上走去,泪水蒙上了他的眼睛。

他一直没有告诉她,孩子很好。他本来想这么说,只说一句。孩子很好,只说这一句。孩子学习成绩不错,就是迷恋清水裕子。孩子有了第二个男朋友。第一个已经结束了。他知道她没有问,是她问不出口。他们的孩子,她的孩子,她生的,她问不出口。他还想告诉她,他没有按照他俩的约定对孩子说,她妈妈死了。他们商量过,就说出车祸死的。香港是有车祸的,东京或者吉隆坡也有,这很正常。有两次他已经准备说了,准备得很充分,但到头来还是放弃了。他和她一样,也说不出口。没有死就是没有死,他不能对孩子撒谎。也许这件事等以后再告诉她和她,如果有以后。他可以向她们承认错误,这个他能做到。他至少可以在电话里告诉她。

而且,他觉得他也许能够找到那条狗。

他这么决定了,就不再想这件事。他沿着小路向远处走去,仙湖在另一个地方熠熠闪光。他耳背,没有听见树林间的鸟儿们在欢快地歌唱。

2011 年 3 月 16 日
于深圳

北　　环　　路
空　无　一　人

本来我们有个不错的开头。它一进门就抱住我的腿，像兄弟见面似的，后腿站立，身子悬着，我甩了几次没甩开它。我从来没有过一个红色皮毛的兄弟。它长得并不好看，但也不丑。很快，我的裤脚就被它的唾沫弄湿了。

"没办法。"个色心事重重地说。

个色是我的朋友。也许吧，我说不上来，也记不起，他是搞生物工程科技的，还是卖龙利鱼的。他说没办法，不是指那条脏兮兮自来熟的狗。他中年早衰，一脸倦容，鞋帮上带着数以千万计的细菌，根本管不了狗唾沫这种事。他说没办法，是他的女朋友失踪了，他打算利用清明假期去找她。大概能找到，但很难说。他的意思是，如果不是小长假，他可以把狗委托给别人。很多人愿意短期接待狗，比如他的另一个女朋友，他没告诉我她的名字。现在，她也快乐地离开这座城市了，和别的什么人一起去老家踏青，顺便给死去的家人烧点纸。也许还有别的女朋友们愿意这样做，但现在不行，他翻遍了电话簿，不打算在假期里离开深圳的熟人，就剩下我一个人了。就是说，事情只能这样。

狗有名字，叫皮卡。我没问一只红色毛发的哈士奇为什么叫这个名字。我也没告诉狗，我从哪儿来，靠什么生活。这些都没有必要。

"三天。最多四天。"个色保证，然后他心神不宁地匆匆走掉了。

我想知道，他怎么找到他的女朋友。世界太大，这不是一件容易的事。

家里很快安静了。壶里的咖啡冷了，但还可以喝。电视机在无声状态，昨晚它一直没关，很多节目播过了，重新播一遍，也许两遍。基本上是娱乐节目，"你猜我是不是真的"什么的，我睡时懒得关。

"待在那儿别动。"我对狗说，"不许上沙发，也不许去别的地方，那些地方不属于你。"我应该叫它的名字，但还没习惯。

屋里有点儿乱。单身男人的屋子，整齐不了，不然就有问题。但也不一定。我一个女患者的屋子就挺整洁，闺房模样，有一股让人心疼的苦艾味道。有一次，她到我这儿来，是乘"和谐号"来的。一年她总要来这么几次，从另一个城市。她站在门口嗅了嗅，蹙紧可爱的鼻子，手里不耐烦地啪啪敲打着卡地亚牌小羊皮手套。

"你觉得，我们去七天连锁住怎么样？"她礼貌地建议说。

我并不觉得屋子凌乱一点有什么不好。我的诊室同样凌乱，她在那儿的时候可一点也没嫌弃。我离开坚信整洁意义的年头已经二十年了，不明白还有什么不可以消磨的。我不想惹麻烦，不想惹谁生气，只想待在自己的屋子里静静地呼吸，这没有什么错。再说，窗外的北环路也不整洁，有时候它塞得厉害，路上和立交桥上堵满各种各样的车辆，像一大群赶来斗殴却找不到厮打对象的蟑螂，你也不能说它们错了。

"我说了，待在那儿别动。"

狗，就是皮卡，它朝我看了一眼，有些受打击，然后悻悻地蜷伏下去，卧在冰箱旁一小块空地上。它应该离冰箱远一点儿，或者去盥洗室把自己洗刷一下，但我没再说什么。

天很快暗下去。出关的车流塞死在北环路上。它们还会塞上一阵子。明天早上也许会好一点，也许不会。

下午顺丰快递送来一堆网购品。投递生急不可耐地等着签字。有多少祖先等着他们的后人送冥币冥物？山沟里的油菜花真的盛开着吗？一个不想和祖先叨唠些什么的男人，他要么就把脑袋扭到一旁，装作思考一些不相干的事情，要么就买一大堆网购品，把自己关在屋里别露面。

我去厕所撒了一泡尿，顺便考察了一下，清明假期到来的同时，是不是前列腺肥大症也到来了。

我去厨房里转了一圈，觉得没有必要一定吃晚饭。也可以留到明天午饭一块吃。我在厨房里装模作样地待了一会儿，没干什么正经事，回到起居室。

电视里正在播达人秀。当然是无声的，重播。沙发被睡出一个深深的窝,毛毯掉在地上。沙发窝里睡着别的,是一册《"小不列颠"札记》,比尔·布莱森写的,他的英式嘲讽无人能比。地上还躺着一本《南海贸易与中外关系史研究》,书里讲了一些南越人赵佗和波斯人做生意的事,不乏"犀角、象齿、翡翠、珠玑"之类的财宝故事,很有趣。

还有就是它,皮卡。

我在想,怎么和它说话。我们要相处三天,最多四天。但已经够了。我希望顺丰送一整箱安眠药和一根大号狗骨头来,这样小长假就容易多了。现在全毁了,我连一觉睡过小长假的自由都被剥夺了。

我在沙发上坐下,百无聊赖地看了一会儿电视,感到背后有谁盯着我看。我扭过头去,果然是它。它一直在观察我,倒是没乱动。它的皮毛上吊着一些可疑的小东西,个色把这家伙送来之前应该为它做一次清理。

"你的确太脏了,而且作为一只狼的亲戚,你不应该和人类走得太近。"我对它说,"你吃什么牌子的狗粮?或者是狼食?他走的时候没有留下伙食费,连协议也没签一份,太不负责了。你能把腿跷一下吗,让我知道,我们可不可以使用同一个卫生间,我可不想惹上什么不良名誉官司。"

那只狗竖起尾巴,一立腿站起来,够着脑袋朝我的方向走了两步。

"别过来。留在那儿。"我制止它,"我没有邀请你。这是我的家,你应该做一个懂事的客人。"

它尴尬地站住,像魇住了似的,站了一会儿,退回冰箱旁,略显不安地卧下,垂下眼睛,把脑袋扭向一旁。它有一双鸳鸯眼,一只眼睛蓝色,一只眼睛棕色,看上去有点儿像某个卡通人物。但它不应该那么脏。

"我们来个君子协定。只能这样。"我四下寻找,最后在沙发下一堆食品包装纸中找到快没电的 iPad。我上去查了查。无体味,不洗澡亦可。很好。爱掉毛,宜经常梳理。但也可以不梳理,我想。"你不能在屋里到处乱走。别管闲事。我会给你买狗粮,但也别太挑剔,我的收入并不高。"友善。很好。淘气。为什么?爱流浪。那它干吗来这儿?"每天两次下楼出恭,大小便在内,一共 6 次,最多 8 次,但你得自己下楼,别指望我护送。"学习能力中等。这倒不需要。平均寿命 11 到 12 岁。感谢上帝,我不会为它送终。

"你有腹泻的毛病吗?还有,我不喜欢碰人的身体,尤其是同性。你明白我的话吗?我的意思是,我俩分头睡,谁也别打扰谁。我们还忘了什么?"

它看着我,一脸困惑。它当然不明白,但我明白,这就够了。

一夜无事。我在沙发上睡着了,那之前,电视里在播一个把丑女制造成美女的惊悚节目,我困得睁不开眼，没有看到骗局产生的过程。

皮卡似乎很安静。至少它没有到处走动，去卧室看掉在地板上的被子，或者藏在卧室里的什么昆虫，也没有像资料里说的，在子夜时分因为委屈而变态地大叫，它这样给了我一个好印象。

我醒来的时候，太阳已经照进屋里，趴在一堆锡林郭勒手撕牛肉干上，温情地缅怀成吉思汗军粮的残羹冷炙。

毛发红色的它不在冰箱旁，同时也不在屋里。它出去了，自己开的门。门掩着，真不知道一只两岁大的哈士奇用什么方法能够做到这个。

我有些生气。并不是因为它没告诉我它有手，而是我没醒它就走了，连招呼都没打，没对我摇动一下尾巴，说句早安什么的，显得很冷漠。太好了，别的狗也这样吗？

我后来想，它是去出恭了。昨晚的约定，它按合同办事，无须我陪同。但也可能是别的。昨晚我没去24小时店买狗粮，它肯定饿了，这就不是它的错。

我觉得腹胀。昨晚吃多了曲奇饼，还有台湾产凤梨酥。甜食对睡眠有好处，对容易害龋齿的人就不同了。

问题是，我怎么解决狗粮的事？下楼给它买？还是杀死我好了。上网查了查，这座城市没有立送狗粮业务，唯一的办法，只能给物业打电话。

我给物业打了电话，口气尽可能谦恭，按照百度的指点说了牌子。

狗粮很快送来，是个眉毛上有一道烧灼疤痕的年轻保安。他在门外用力敲门。有门铃，他肯定能看见，但他用足力气敲，好像他是一名消防队员，在大火中排查有没有居民躲在家里数钱。

"你家养狗了？"他把狗粮递给我，努力够着头往屋里看。

"它不在屋里。"我接过狗粮，把门拦住。

"它们最好别回来。"疤痕说。他说的不是皮卡，而是小区车库里的车，它们载着主人返乡扫墓或踏青去了。当然这是不可能的，清明节假期只有三天，那些车和它们的主人总会回来。

疤痕不肯离开，隔着防盗门和我说了一些别的事。平时，他总爱拉着我说一些车主的坏话。也许因为我没有车，他觉得我和他是同一阵营的。但也不一定，有时候他对车主还好，对车就没那么客气了，话说得很刻薄。

"别以为沃尔沃低调，心里没鬼的人决不买这款车。"

"有什么了不起，住廉租房的人也开奥迪。"

"真不知道他们怎么想，二奶车开着也不脸红。"

他说的是宝马系。他不吸烟，但口气十足，让我觉得他是一个大人物，我的一切生活都是他赋予的，包括不下楼。有时候我真后悔，为什么会在这片楼盘置业，居家遇到民间白岩松，等于给自己找了个24小时不苟言笑的评论员。

皮卡到晚上才回来。彩田村是一个大型社区，构成复杂，它不可能走太远。要是它回自己家里待着，我觉得也不是不可以。

皮卡回来前，我睡了两觉，天黑的时候，起来为自己煮了麦片和一只水煮蛋。电视在无声状态，电话也安静着，食物储备了一周，不必再麻烦人上门。

皮卡自己开的门。我没上锁，门掩着。它无声地挤进门，再把门挤上。我从厨房出来，听见门响，看见它。

"你去哪儿了？也像你的主人一样，去找失踪的女朋友了？"我嘲讽道，手里端着灼热的杯子，"你俩真是挺搭配的一对。"

它站在那儿，静静地看了我一会儿，低下脑袋走到冰箱前，转了一圈，卧下，再看我一眼，脑袋往两腿间一埋。

我觉得它更脏了。我觉得这样很没趣。我站了一会儿，放下人食，去厨房里煮狗食。我开了一听罐头，把罐头里的东西倒进刚煮过麦片的小锅里，看上去，它们就像一堆等待申冤的灵魂，但味道应该差不多。我找了一只不太旧的盘子,是我从鄂尔多斯带回来的。

我把热过的狗食装进盘子,端到起居室,放到皮卡面前。

它开始进餐。倒不怎么急,不像饿急了的样子,很斯文,地板上也没见抛撒。我尽量不去注意它的毛发,这样情况就好多了。

"假使有可能,"我端起有点儿凉的麦片粥对它说,"我是说,假使这样做不会得罪尊敬的祖先,我会要求站着被埋葬,那样更舒服。"

它停下进餐,抬头看我。

"你知道,清明节越来越长了,而且我找不出比这更好的埋葬姿势。"我突然来了想和谁说话的兴趣,把麦片粥放下,"但我怎么知道呢?没有人告诉我,也没人在乎。你能告诉我吗?"

我没有告诉它关于清明节的习俗,它是哈士奇,也许我可以和它谈谈雪橇的事情,也许我们可以谈谈别的什么。

"我和女患者闹翻了,她更像我的医生。"我说,"我希望她是男的,这样,我就可以在被她赶出由她付款的七天连锁店的时候,冲着她的下颏狠狠地来一下。"我说,"你想过这样的事情吗,那些走进诊室的人,他们都比我有主见,你觉得他们和我,我们谁是病人?我不喜欢这样的工作,但我得找一份事干,否则就得接受银行的房贷违约罚单。"我朝看上去越来越凉的麦片粥看了一眼,"我们都会下地狱,好在我没打算要孩子,这样的话,清明节在我这儿就能打住。"

我停下来。

我等着。

一颗流星从窗外掠过,去了别的地方。

麦片粥彻底凉了。我想,今天唯一的一餐饭泡汤了。我决定去给自己倒杯酒,但最后还是放弃了。

皮卡看我没有再往下说的意思,撇下眼睛,埋下脑袋,继续到盘子里去找食。鄂尔多斯人哪,他们为什么烧制那么难看的盘子?

"其实吧,我挺讨厌你的主人。"我又说了。我总是出尔反尔。

"你干吗跟他?他基本上就是一个混混加无赖。"我觉得累了,从沙发扶手上滑下,整个身子陷进熟悉的坑里。

"人们总是说,一切都会过去,但是时间太长了。有五年了吧?这样的日子真不好过。"我停了一会儿,"作为一个公民,我们都得混下去,对吧?"

现在我想起来了。我是说,个色的事情。他不是卖龙利鱼的,也不是搞生物工程科学的,而是一名刑事警察。他拿过两次奖章,也许是勋章,也许拿过三次,这个我说不上来,奖章的名字也不记得。年轻的时候,他混得可真不赖，后来就走背运了。有一次，他的脑袋挤在车下，头发被车辘轳压住，那一次，他被事主告了索贿，但其实他只是急了眼，掏出了枪。还有一次，在龙华的一个游戏室里，他和人对射，对方是香港黑道上的人，他被打了17枪，皮鞋和皮服都打烂了。多好的行头。好在对方手臭，他没中弹。那之前，他一直在使用镇静剂；那以后，他换成K，整夜整夜不敢合眼，直到与昔日的荣誉悭一面，丢掉工作。

他有没有告诉它他的工作？告诉它他有恐高症和强迫症？告诉它他每天晚上都把自己关在屋里偷偷哭泣？告诉它他从一帮匪徒手里夺下过一个正要被撕票的小女孩？告诉它他至今保存着一套不曾下过水的作训服，而且再也改不掉每天出门前站到镜子面前慢腾腾伸展开脊椎的习惯？

"要是换一条道，去新义安，他肯定混得不赖。怪谁？"我说，起身朝厨房里的垃圾处理袋走去。那里有一些我责备自己时丢掉的瓶子。我决定还是来上一杯。

那天晚上，我破例没有看选秀节目，也没有看布莱森在西海湾一个名叫"河畔咖啡馆"的餐厅里活像大胃王似吃掉一道干贝龙虾羹、一道海鲈鱼片配青豆、一大堆香脆薯片，并佐以两大杯本地产葡萄酒，末了再加上两杯滚烫的咖啡和一大片奶酪蛋糕甜品的美食壮举，以及唐朝人杜佑对波斯帝国丰饶果实的描写，"荜茇、石蜜、千年枣、香附子、诃黎勒、无食子、盐绿、雌黄"。

隔着沙发，我擎着空酒杯，心里充满了对自己的抱歉和愧疚，眼里迷蒙地扭过头去，看冰箱旁卧着的皮卡。它不看我，把脑袋埋进两腿间。

电视图像无声地跳动着。我觉得这样的夜晚，也不是不可以。

第二天早上，我醒得比较早。我醒来的时候皮卡不在冰箱旁。门虚掩着，它又出去了。

我从沙发上起来，摇晃了一下，光着上身走到窗前，够着身子往楼下看。

我看见了它。

它正好从单元门楼里出来，漫不经心地朝两边看了看，匆匆忙忙穿过车道，往小区中央草地上走去。它那样走着，你会觉得它根本不是一只狗，而是一个男人，穿过马路去街对面的小店里买一包香烟。

它在草地上站住，抬头看向某个方向。我不明白它在那儿干什么，总之它不动，像一尊等待风化的雕塑。早上有风，风吹动红色的毛发，现在我能看出它的毛发的确脏乱着，皱巴巴像一件刚从洗衣机里拽出来没来得及熨烫的衣裳。

有两只狗从远处跑过来，一只贵宾，一只吉娃娃，它们在离它十几厘米的一棵大王桐树下站住，朝它叫。

它好像没看到它们，或者看到了，不愿理睬。真不知道它在想什么。然后它动了一下，埋下脑袋朝一边走去，走到路边分流雨水的阳沟边，在那里卧下，很安静地躺着，又不动了，仍然像一尊雕塑。

我觉得它这个样子，有点儿个人化倾向。

整个上午，我都在沙发上躺着，发呆。鸟儿从窗外飞过，有什么东西在塌陷，鸟翅带过的粉尘在屋里弥漫。我不知道该不该把麦片热了吃掉，或者真的可以考虑网购一大瓶"洛可喜"。

也许我该去找一个本子，再找一支铅笔，计算一下，离我上一次离开这间屋子，有多长时间了。

我起身寻找iPad。我到窗前去看了三次，每一次皮卡都在那儿。就是说，它躺在脏兮兮的阳沟里，一动没动，连姿势都没变。

阳光很好，彩田村里很安静。小区并不总是安静的，但今天是假期的第一天，不是吗？

中午的时候，我困了，昏昏欲睡。三天假，没有"七天乐"这种令人发指的节目。"俏胡子"布莱森也有好几夜没有说"听上去真带劲，咱们干吧"这样有趣的话了。至于"镂孔熏炉、乳香、金花泡饰、银盒和土蓝色玻璃碗"之类神秘财富，你知道，它们是殉葬品，充满尸液的味道，和我一样，不会给人带来持续快乐。

我正庆幸梦境快要到来时，疤痕来了，用力敲门，双子大厦坍塌也不过这么大动静。

我去开门。疤痕趴在防盗门的栅栏上,一脸兴奋地告诉我,小区里的人们在议论我,他们认为我在虐待狗。

我费了很大劲才弄明白,他指的是皮卡。皮卡不是我的狗,我还没有适应这件事,也许一辈子也适应不了。但总体来说,除了虐待自己,我不虐待别的什么。

"你应该下楼给它送点吃的,这样他们就不会说什么了。"疤痕替我拿主意。

我不习惯他说话的方式。倒不是絮叨,他每说一句话,都喜欢清理一下鼻咽部,让那里发出令人不安的爆破音。真是一个好保安。

"我该吗?"

"它很安静。"

"难道这不对吗?"

"它躺在阳沟里。"

"它没生病吧?"

"好像他们没说。"

我隔着防盗门的栅栏沉思。我想不出来人们为什么在意皮卡,它并没有跳到22层或者39层去咬他们晒台花园里的植物。小区养宠物的家庭不少,人们有自己的理由。小区不是熙攘闹市,但也不是蕞尔小岛,人们完全可以管好自己的事情。

我在房间里徘徊了半小时,最终还是决定下楼去找皮卡。

它是一只狗，不可能像傲慢的布莱森，说出"祖国需要我"这样的话。我也不喜欢它老是躺在雨水的地盘上，眯着双眼，脸上带着一丝傲气，眺望远方的地平线。

在水泥四闭的城市小区，这么做挺愚蠢的。

我花了另半小时为出门做准备——翻出一件已经发霉的风衣，找到墨镜，为是不是戴上口罩这件事犹豫了好一会儿，然后想清楚，是乘电梯还是走安全通道。

我决定，最多在楼下待 10 分钟，如果皮卡不肯上楼，就随它的便好了。

皮卡不在那儿，不在阳沟里。那里空无一人，什么雕塑也没有。

阳光已经掠过草地，跳到水池那边去了。有两个穿晨练服、头戴棒球帽的男人站在 15C 栋前的车道前聊天，他们朝我看了一眼，又看了一眼。现在，无论男人女人都爱戴一顶鹈鹕似的愚蠢的棒球帽，也不知道是不是一种集体返祖现象。

我靠在楼洞的大门旁，犹豫着是不是走出楼洞，去稍远点的地方，看看皮卡是不是在那里。我想我和小区的人，大家都有共同之处，不光是设法找到任何随手的东西把自己紧紧地遮掩住，让自己随时处于安全的行头里，还有别的。比如，我们都想了解一些别人的弱点，就像设法看见别人的身体一样,这有利于我们好好地活下去。

我知道我的弱点。我一直在戒酒。我也在戒网瘾。我还在战胜交际恐惧。我定期参加一些互助组织的矫正活动。我和一些陌生人礼貌地围坐一圈,谈一些积极乐观的方法,人生观什么的。我们梳理过去,展望未来,幻想理想国一望无际的草地。总得熬过去。

但有时候会惹出麻烦,比如谁谁因为痛哭流涕什么的,最终和倾诉对象搅和到一张床上去了,然后他们绝望地发现,自己在对方身上暴露出了更多的无可救药的弱点。

人们总是软弱的,这个谁都能理解。

但是阳沟里什么也没有,罗丹的沉思者不在那里,雨水也没来。

我确定自己的观察没有出任何错误,轻松地暗松一口气,转身离开门洞,飞快地逃回楼上。

下午,疤痕又来了,门敲得山响。我去开门,略显不快。他一点也不在意我怎么想,因为来得匆忙,有点气喘。他告诉我,现在我已经成了小区里的议论中心。

"你必须堵住他们的嘴巴,这样对你不利。"看得出他对我很不满意,努力疏通着鼻咽部,发出一连串爆破音。

"如果业主委员会坚持,我会在狗回来以后,给它洗个澡。"我猜想,皮卡又回到小区里了,它肯定一身肮脏。

"不是洗澡那么简单。"

"你打算让我怎么做?也许我该教教它,让它拖长声调,哼哼地对向它致敬的人们说,我去街上拉过屎了?"

疤痕对我的理解力感到生气,他告诉我,事情不是这样,不是拉过屎没有,而是别的缘故。

"它从不和别的狗打架,一次也没有。"他说。

我糊涂。这完全符合城市管理的相关规范。我倒不觉得,在大啖过一只肥腻的猪肚鸡之后,立刻上床和伴侣搏斗一番,这种事值得在社区内提倡。

"它的确很脏,但看不出有病,可以断定和洗澡无关。"他努力向我解释,"只是,它不大和别的狗来往,这一点不对劲。你想想,一只从不和别的狗来往的狗,它谁也不理睬,你能理解这种事情吗?"

隔着栅栏,那位离开山区后日新月异地变成一个思考者的年轻家伙非常尽职,他希望我明白他的话有多么重要,好像大亚湾核电站的辐射报告有什么猫腻。他不知道,26天前,一位名叫王贻芳的科学家宣布,他和一帮人在实验中发现了一种新的中微子振荡,这将改变人们对物质世界基本规律的认识,为破解反物质消失之谜奠定基础。这个实验,就是利用大亚湾核反应堆群产生的大量中微子完成的。

但我能说什么？皮卡不是科学家，它的主人已经废了。那个叫个色的家伙，他根本没有什么女朋友。他连一个女朋友也没有。他就从来没有过女朋友。他只是在不断寻找想象中的某个人。在灯火辉煌的深圳，他连觉都不敢睡，不敢在屋里睡，只能把被子抱到阳台上，在那里抱着被子的一角悄悄哭泣，然后爬起来，回屋里喝一杯水，再去四处寻找一个想象中的人。

他就像一粒空壳的谷粒，白生长在金黄色的稻田里了。

我能说什么？

天黑之后，月亮升起来。我来到窗前，朝楼下看。我看到了皮卡。

它在群楼间的中央草地上，就它一个，没有贵宾和吉娃娃，也没有鹈鹕似的棒球帽，偌大的草地上只有它。它站在那里，仰着脑袋，一动不动地看着天空中的那轮月亮。月光如洒，看不清它有多么肮脏。它就像一尊雕塑，只是一尊雕塑。

我不知道，在清明小长假里，有多少人注意到了月亮，但我知道，皮卡它像一尊雕塑，但它不是月亮下面的那个皮卡。

皮卡夜里回来的时候，我没睡。我一直坐在沙发上等着它。

防盗门响了一下，门慢慢挤开一道缝，一颗红棕相间的头颅出现在那里。皮卡进来，像一条逆流而上的鲑鱼，回身朝门外看了一眼，好像在想什么，好像在和门外的谁告别，然后，它不甘地动了动身子，把门挤上。

它看到了我，停下来。我们在起居室隔空相望，谁也没说什么。

对我们来说，这个假期不同寻常：剑客帕尔丢了总统宝座[1]；犟女人昂山素季当上了议会议员[2]；韩裔凶嫌在奥克兰教会学校开枪射杀了7人[3]；法国著名学者裸死纽约酒店[4]；女人弹袭击了索马里国家剧院[5]。还有，深圳七十万人出城祭祖，拜山插柳，人们会带回大量终止生长的油菜花；本焕长老在梧桐山上圆寂，老和尚活到

---

[1] 施米特·帕尔，匈牙利总统，1968和1972年两度获奥运会男子重剑团体冠军；因涉嫌博士论文抄袭，于2012年4月2日宣布辞职。

[2] 2012年4月2日，昂山素季任党主席的缅甸全国民主联盟宣布在前一天的议会补缺选举中完胜，赢得45票中的40席。

[3] 美国加利福尼亚州奥克兰市奥伊科斯大学，2012年4月2日发生枪击事件，开枪射杀7人的男子出生于韩国，曾是护理专业学生，在校期间因说不好英语遭同学嘲笑。

[4] 2012年4月3日，法国国务委员会成员、巴黎政治学院院长理查德·德库安被发现裸死在曼哈顿中城米开朗琪罗酒店。

[5] 2012年4月4日，一名女性自杀式袭击者在索马里首都摩加迪沙国家剧院引爆炸弹，9人丧生，其中包括该国奥林匹克委员会主席和国家足联主席。

106岁，只用1秒钟就去了另一个世界[①]。

"别去那儿。"我制止住皮卡。我指的是冰箱那边。那不是它待的地方。

我从沙发上站起来。我已经准备好了。我环顾四周。

皮卡激灵了一下，也环顾四周。

我们谁都没有解释。星星被关在窗外，风在户外张扬。我觉得用不着，我们可以不那样。

"我们可以去另外的地方，我们喜欢的地方。"我说。

皮卡不信任地看我，菊花瓣吻部在灯光下渐渐湿润。我打算对它说出来。其实我们都有想说的话，只是一直找不到对象。但我放弃了，什么也没说。

"来吧。"我对它说。

我朝门口走去。我走过它身边，裤脚擦动它红色的皮毛。它真是脏啊！也许它知道这个，没有站立起来拥抱我，啃啮我的鞋子，和我兄弟般的嬉戏。

我俩出门。它在前，我在后。

我们去了彩田村后面的北环路。

北环路上空无一人。我们的前面是一大片火焰树和大叶紫檀。

[①] 2012年4月2日0点36分，临济正宗44世传人，深圳弘法寺开山上本下焕长老在弘法寺禅房示寂，高寿106岁。

我撇下肮脏的皮卡，穿过马路，朝树林走去。我走进树林中，双膝折叠，趴在草地上，朝前爬动。我的裤腿被纠缠住的杂草挂住，手掌被泥土中的小石子硌得生疼。一只萤叶甲或者花金龟从一片草尖上起飞，跳到我的脖颈上。

我没有抬头看树林，一直往前爬。我知道，如果盯着它们看，看久了，它们会变成一片云霞飞上天去。

我爬进树林深处，站起来，转头看远处的皮卡，手心里满是刺稞的芬芳。

"你为什么待在这儿？"我认真地朝它喊，"你为什么不回到西伯利亚森林里去，回到楚克奇族人当中去？"

它静静地站在那儿，在马路对面。月亮还在天空中，只是更结实了一些。

"你离开这儿，回到西伯利亚汗国。你可以在那儿捕捉旅鼠、兔子、鱼和海象，和你喜欢的漂亮雪橇犬交配，生下一大窝英俊的小崽子，然后到来年春天，你再生。至少你可以和驯鹿们一起玩，对吧？"

我知道，我们隔着北环路，风很大，这样有些不容易，但我相信它能听明白我的话。我是说，如果它真的想明白，是能够明白的。

"要是我，我会离开这座城市，向北走，穿过巴丹吉林沙漠，曼达勒戈壁，沿着色楞格河走，绕过贝加尔湖,再向北,攀上西伯利亚高原,那就是梦中的宁静大地。"我说,"没错,路很远,有很多的冷气流,它们会让我显得很傻,但我会去那里,找北极狼祖先。"

皮卡看着我,看了好一会儿。它的皮毛在黑暗中渐渐燃烧起来。

有一刻,我们都凝眸在那儿。风刮得很猛,这样,我们都不知道谁是谁了。

然后,它动了一下,穿过马路,朝我走来,再从我身边走过,离开我,向黑暗中的树林走去。

它走出一段,站下了,慢慢抬起脑袋,仰头向天。它就那样对着天空中的那轮月亮,就像它的祖先一样,长长地叫出声来。我发誓,那是整个清明节小长假,我听到的最美妙的声音。

2012 年 4 月 5 日

于深圳彩云路

篱杜鹃气味的猫

罗限量站在雨林溪谷的小河旁，看刘朕拎着尼康5000型相机从小路那头走来。年轻人起床以后没有来得及洗脸，脸色晦涩，头发高高地翘一绺朝天，像一只输了架的雏公鸡。

罗限量等着刘朕走近，借这个机会，他扭头往雨林溪谷南边看。他猜想这个时候有多少人正从地铁2号线和4号线站口拥出，去市政大厅办理他们需要办理的手续，比如凭着高等教育部承认的海外学历学位证书落下户籍，申请创业促进基金，或者从这座城市转走辛辛苦苦积攒下的"五险一金"。再过几天，罗限量也会去市政大厅办理转迁手续。他已经决定离开深圳，去中山或者珠海看看，也许那里更适合他。

刘朕走近了，人有点喘，不是累，是生气。

"又被人掐死一只，还是丢在箣杜鹃灌木丛里，脚露在外面。"刘朕抹一把汗，"上个月一只伯曼，一只土耳其，这个月过分，布偶，缅因，波斯，今天又是一只暹罗，6只了。"

"也许是饿死的，也许是生病。"罗限量知道刘朕在说什么。他对自己的回答并不那么肯定。公园里有很多流浪猫，其他地方更多。狗属于城市的正式居民，有养犬证，猫没有，人们还不承认它们的居民身份，等于说，它们在生存之地没有户籍，和狗是两个阶层，饿死或病死在街头，说得通。

"哪有那么风雅的猫,专找篮杜鹃花丛死。"刘朕说,"照你说,它们是某个文艺小组的成员,前仆后继死磕篮杜鹃。"

刘朕是景观设计助理,工作是拍摄公园里的代表性样本植物,做成景观评价文本,诸如植物季相变化、空间复层结构、植物韵律和植被节奏对景观的影响什么的,送到绿化管理处,让专家做进一步分析。小伙子是动物保护协会成员,说到对喵星人的了解,他本人就是专家,不用别人分析。

罗限量提防着脚下,谨慎地迈过开着小黄花的马缨丹,穿过一排高大的美丽异木棉,上了阳光疏漏的林间小路。他们离开雨林溪流,去南门椰风林景区。

他们绕过丝葵、金银木和榆叶梅,来到景区一大片篮杜鹃灌木丛前。灌木丛下有一块橘红色的雨布,罗限量弯下腰伸手去揭它。

"你最好别看。"刘朕阻止罗限量,"我检查过,杯状病毒和绦虫不敢说,肯定不是瘟热和狂犬病。我说过,和之前那几只一样,压迫性颈椎折断,是被人掐死的。"

罗限量没有听刘朕的,还是把雨布掀开了。他真不该那么做。

那是一只脸颊瘦削的短毛小家伙,看上去刚断奶不久,可能因为断气时间不长,毛色仍然光亮。小家伙两只眼睛被挖去了,烂蓝莓似的瞪着两只空眼眶,几只褐红色的剑鄂蚁上下颌飞快闭合，在神经丛里忙碌着。稍远处，一条炭条似的千足虫像被籔杜鹃的味道魅惑住，正动车似的快速超过一条身体晶亮慢腾腾蠕动的蛞蝓，向这边爬来。

罗限量恶心了一下，松开雨布，站了起来。

罗限量不喜欢猫。小时候他被猫欺负过。一次是刚记事的时候，一只难看极了的怀孕的母猫吓唬他。一次是读小学五年级的时候，一只脏兮兮的贪婪的野猫抢走了同桌周思爱红着脸塞给他的半块糍粑。还有一次，是母亲撞死那天，一只猫在屋后叫了整整一夜，他没有见到它，不知道它长得什么样。

不过，把眼睛剜掉这种事，罗限量还是不能接受。他嗅到空气中一丝鱼腥草血腥的味道。

"是虐猫族干的，"刘朕气愤地说，"那个香港女人，肯定是她。"

"不要乱说，"罗限量说，"也可能是别人，也可能是别的原因。"

罗限量不再提饿死和病死的事。刘朕说得对，猫不会集体跑到籔杜鹃灌木丛里来辟谷，也没有哪种病能把眼睛病没的，剜掉猫眼的事，地球上只有一种生物能干出来。

罗限量是莲花山公园的老员工，开园时就在。那是1997年夏天，他16岁，那以后，他一直待在深圳。

这期间，他回过三次麻城老家，一次是处理母亲的后事，一次是处理父亲的后事，最后一次，是回去卖掉老家的房子。母亲是撞死的，父亲丢不下母亲，不到两年就追着母亲去了。

哥哥罗增量大学毕业后追随奖学金去了欧洲，十年后给弟弟打来电话，说他已经申请入籍了。"家里的事你看着处理吧，反正我不会回去了。"哥哥在电话里说。

罗限量也不打算回老家生活，回去也不会习惯。他请了假，最后回了一趟麻城，把安置区的房子卖掉，然后返回了深圳。

离开麻城的时候，罗限量在长途汽车站等着上车。几个穿制服的男人追打一个推销杜鹃花茶的少年，一个中年妇女叫骂着冲过来，手里扬着一柄铁铲。罗限量和几个乘客连忙让开。

罗限量听说一个名叫罗威廉的美国人，他写了一本书，书名叫《红雨：一个中国县域七个世纪的暴力史》，书中说的就是他家乡的事情。那个美国人做了很多年的研究，最后得出结论，他的家乡麻城充满暴力，因为这个，他的家乡被时代抛弃了。

在中年妇女和少年被踢得满地乱滚的时候，罗限量躲开人群，去车站的商店里买了一瓶矿泉水。矿泉水的牌子叫"八月杜鹃"，是温州商人在麻城投资生产的，用的是罗限量老家龟山的泉水。小时候，罗限量和哥哥罗增量去山上玩，在漫山的杜鹃花丛中奔跑，他们玩累了，就趴在长满青苔的峭壁边喝山涧水。涧水深处，几条指肚大的大鲵在红红绿绿的石头上爬动。现在，那眼泉水装在一只塑料瓶子里，很安静，好像大鲵消失之后，泉水就睡着了。

罗限量拧开瓶盖，仰头喝了一口水，又喝了一口，听见"铮"的一声，肚子上那根脐带挣断了。他没有感到伤口有什么疼痛。他甚至觉得，他就没有在麻城生活过。不管别人说什么，他的成长是在深圳完成的，他是深圳人。

刘朕相反，他是宝安南头镇人，这一二十年，很多和刘朕一样的土著子弟移民去了北美。刘朕大学毕业后，却兴致勃勃回到深圳，城市规划专业毕业的他立志当一名伟大的景观设计师，为家乡留下点什么，比如彼得·沃克的儿童公园、P.奥多夫的巴特德里堡花园，或者仙田满的樱山之家。可是，一开始，他对偌大的莲花山公园有点发憷，经常在60公顷的巨大公园里走失掉，不知道去哪儿拍变叶木和希茉莉，或者美丽针葵和棕竹。园里安排罗限量带刘朕一段时间，罗限量就成了刘朕的师傅。刘朕家有七八栋房子，还有一些经营了30多年的生意，光出租就办了一家租赁管理公司。刘朕放着家里的别墅不住，搬进罗限量住的公租房，以后熟悉了公园的植被带，不用再向罗限量请教，却养成了和罗限量泡在一起的习惯。

两个人找地方把暹罗猫埋掉，洗了手，往公园南门走。罗限量不放心挖掘机的事，去门口看看。

刘朕说的香港女人，曾向罗限量打听过公园植被的事。女人约莫30岁，穿着极简，优雅的白话中夹杂着浓郁的港腔，说话带着复杂的平声。女人和别的游客不同，她就像对光和热有异常反应的含羞草，每次进园都敏感地避开人群高峰期。看得出，她熟悉城市的市政管理，知道该在什么时候出现在公园里。就凭这个，刘朕判断她是那种不必在公司里打卡、有大把闲暇时间、住在附近某个小区里的香港居民。

"它们会疼痛吗？"有一次，罗限量在风筝广场北边修剪桃林，女人路过桃林往山上走，她突然站下来问罗限量。

罗限量不明白地停下修剪，看着女人。罗限量还记得第一次见到女人的情形。那是某个初秋季节，天气很好，女人穿一身经典的黑白条纹图案抹胸裤装，一副脱俗的长尾玳瑁凤蝶的怜人样儿。他不确定她的嘴唇是否做过胶原蛋白注射，反正够性感的。那一刻，水枪在罗限量手中僵持住，他有一种立刻丢下蛇皮管，跑开去为她弄一只上好的番木瓜的冲动。

"你说什么？"罗限量说。

"纽约州立大学植物所的伊恩·鲍德温教授说，植物也有疼痛，它们疼痛了也会叫。"女人说，她用粤普，听上去有点别扭，但能听懂。

"哦。"罗限量说。

罗限量就给女人讲植物经，剪子切断桃树的老枝时，桃树的确有反应，是不是疼痛他说不好，总之会像人一样，有不舒服的感觉吧。不过，桃树很聪明，它们会快速分泌一种激素，把亚麻酸分解成茉莉酮酸，这样就能抑制切口的不适，快速愈合创伤。

"而且，"他说，"一会儿修剪完，我会在切口喷洒一些阿司匹林或布洛芬，这样它们就会好过一些。"

"鲍德温教授说，它们会叫出声来。它们会说，'哎哟'。"女人坚持说。

"哪有这种事，我从来没听到过。"他笑了，觉得事情被夸大了，"你说的那个教授，他也许听到的是风吹动树叶的声音，哗啦啦，就是这样。"

"但是，"女人很固执，她盯着他，"康奈尔大学的克里斯·克拉克教授亲耳听到了座头鲸唱歌，而且，它们在歌里相互调情，听上去让人不安。"

"动物可以，有声带呀。"他耐心地解释，"植物喜欢另一种方法，它们释放茉莉酮酸，就是人们说的气味，它们用气味驱赶天敌，或者引来天敌的天敌保护自己。如果遇到更厉害的伤害，比如根茎被切断，它们会释放气味更强烈的乙烯，你要正好在附近，就算没有闻到气味,也会感到不安。"

"是吗?"女人若有所思。

女人来公园的次数多了,罗限量和刘朕总能在某个植物带遇上她,就熟悉了,至少他们自己这么认为。女人每次都从南门进,背一只粉红色 Valentino 牌子的女包。刘朕回忆,那只包有时候鼓鼓囊囊,离开时就瘪了,好像她是来公园里给谁送礼物的,这种情况说不过去。

"你看离开深圳的那些人,就算败得一塌糊涂,走的时候都揣着一张银行芯片卡。"刘朕分析说,"深圳不是吝啬鬼,你见过谁大包小包地来,走的时候两手空空?"

他们在路上遇到一群糖果美人儿,嫩绿、柠檬黄、荧光粉,令人垂涎欲滴。早春的气息扑面而来,女孩子们叽叽喳喳从他们身边跑过。刘朕回头看。罗限量没有回头,他觉得,论打扮,还是女人的打扮好,像女贞子的金边叶子,成熟不用张扬,精心的细节都在纹理里,这种女人才让人惦记。

刘朕突然站下,朝一边看。罗限量也站下,他也看到了。

公园南区草地那边,那个女人在那里,悠闲地坐在草地上,看一个白色绸装的老太太练太极剑,那只粉红色的 Valentino 手包抢眼地放在她脚边。

"我说过,是她。"

刘朕哼一声,折转方向急匆匆下了小路,迈过一道沿阶草,走到湖泊似的台湾草甸上去。

罗限量迟疑了一下,有一种不好的预感,也跟了上去。一只六斑月瓢虫从草叶上笔直地飞起来,扑了他的脸。

女人看见了他们,冲他俩点了点头,继续看白绸老太练剑。

"可唔可以打开你嘅包,畀我睇下啊?①"刘朕站到女人面前,用白话对她说。

罗限量阻止曾经的徒弟。刘朕不让,往一边迈了一步,躲开罗限量,解释道:"如果包里有猫血,说明就是她。"

罗限量感到羞愧,觉得一切都是他造成的。但他说不清楚,为什么一切都是他造成的,好像说不过去。

"我唔明你讲乜嘢。②"女人平静地说。她看刘朕,再扭头看罗限量,目光里有询问。

女人是那种与世无争的柳叶眼,眼睑细细,眸子清澈,这让罗限量有点难过。她说"你讲乜嘢",意思是"你们"。其实只有刘朕,罗限量跟在后面,是想阻止刘朕,她误会了。但罗限量来不及解释,事情很快变得糟

---

① 粤语:可不可以打开你的包,让我看看?
② 粤语:我不明白你在说什么。

糕起来。

粉红色 Valentino 有一只暗锁，女人说帮不了他们，她手机在包里，刚才响过，没接上，她忘记钥匙在哪儿了，要等回去找备用钥匙。很显然，她不想配合刘朕的怀疑，并且打算离开那里。

"唔开包，我叫安保嚟。[①]"刘朕不让女人走。

接下来的事情让罗限量和刘朕没有想到。女人深深地看了他俩一眼，走向一旁，对白绸老太说了句什么，从老太手中接过晨练剑，返回两人面前，屈下一条膝。她穿一条亚麻材质的蛋青色长裤，轻薄柔软的布料下，清晰地透出削弱的膝盖骨轮廓。

晨练剑没有开刃，但已经足够了。剑尖切割开涂层下的皮革，扭曲地划过 V 形标志外围的金属圆圈，在手包上切出一道大大的口子。

"你使唔使咁样？"罗限量结结巴巴地说，"可以谂第二啲方法。"[②]

女人没有看罗限量，也没有看另一个呆若木鸡的年轻人，从开了膛的 Valentino 里摸出钱夹和手机、一只化妆盒，包往两人脚下一丢，起身朝南门外走去，头都没回，消失在人流中。

罗限量低头看草地上的 Valentino，它有点像一只

---

① 粤语：不打开包，我叫保安来。
② 粤语：你用不用这样？可以想别的办法。

被切割开的粉色子宫，完全失去了之前的优雅圣洁。

"你看你。"罗限量涨红了脸埋怨刘朕。

刘朕失去了信心，仍有点不甘，底气不足地拾起Valentino查找血迹，再把包彻底翻过来，让内袋的一面对着明媚的阳光，然后一脸懊丧。

"香港人，就是这样，她要怎么样啊？"

"你不能尊重人家一点？"

罗限量说的是事实。刘朕不但是动物保护主义者，还是家乡保护主义者，他来公园5年了，并没有心想事成当上景观设计师，这让他这个世代的客家子弟对家乡近似变态的热爱到了走火入魔的程度。有好几次，他大声呵斥在软枝黄蝉中捉迷藏的孩子，或者在蚌兰和春羽前搔首弄姿的少女，就像他们是不速之客，把他家的客厅弄糟了一样。

"我不想吼他们，但他们太过分了，他们想干什么？"他气愤地质问罗限量。

罗限量说不好过分这种事情，他不明白人们的防范和怒气冲天是打哪儿来的。有时候，他会给刘朕讲一些过去发生的故事。那个时候，深圳分关内和关外，一道长长的铁丝网隔在当中，就像分隔朝鲜半岛的三八线，人们进出关内关外要靠通行证。

"本地人用身份证，香港人用回乡证，外国人用护照，有这几样才能通行。"

"我知道，我阿爸帮人逃过关。"刘朕笑着说，"也可以办护照啊。"

"护照不行，要先去广州找别的国家大使馆办签证，办完签证才能进来。"

罗限量第一次来深圳的时候，就是因为赌一口气，用六个月的薪水换了一张劳务用工暂住证，仰着头进了铁丝网南边，成为莲花山公园的花木工。站在莲花山的山顶凭高远眺，能看到整个深圳，很多人就是想看一看整个深圳，才努力奋斗，把自己打拼成了深圳人。还有一些人运气不好，把自己打拼不见了——伤了残了，找不到自己了，或者丢了命。

现在，罗限量不想给刘朕讲故事，他在雨林溪谷等人送挖掘机来，他要布置人挖掉7棵凤凰木，32棵桂花，在原来的地方重新种植火焰木和大叶紫檀。倒不是说凤凰木和桂花不好，凤凰木树形漂亮，桂花树开花时花香缭绕不去，都是好树木，只是公园南边的市民广场建设时，工程紧张，建筑垃圾来不及运走，很多被卸在公园里，公园的土地变得不干净，植物种下去生长得不好。还有，公园刚建时没有经验，植物选种不对，比如桂花树耐热性差，大面积种植很难养护，这些品种要不断置换，就像很多早年来这座城市闯荡的人，他们也是选种不好的植物，他们在这里生长过一段时间，要么死掉，要么迁移走。罗限量看着他们死掉或者走掉，现在轮到他了。所以，他必须完成今天的工作，他不想在这里给过去的徒弟回忆过去的故事，没有这个必要。

第二天，罗限量本来打算请两小时假，去市民中心问问办理"五险一金"迁出需要的手续。离开的熟人告诉他，需要先在网上预约，再耐心等待，手续办起来非常麻烦。现在他决定不管这些，先给火焰木和大叶紫檀浇足水，整整枝。他还是放心不下，不管怎么说，它们是昨天刚迁到雨林溪谷的居民，会有一段时间不适应，他不想抛弃它们，让它们在初来乍到的时候觉得不受待见。

罗限量带着两个年轻徒弟在雨林溪谷给新种的树浇水修枝，忙得浑身透湿。树林里植物味道强烈，想到自己很快就会离开这些侍候了多年的植物，罗限量心里多少有点惆怅。

"切口修成这样，伤多少皮，多久才能愈合？病虫早吃了它。"罗限量说一个徒弟，然后再说另一个，"留那么长节口，树活过来不难看啊？"

两个徒弟看师傅一眼，不敢犟嘴，重新修整切口和皮伤。

罗限量说不上喜欢深圳，只是在深圳生活了18年，他习惯了。再说，他33岁，年纪不小了，没有到处跑的激情，也不再相信未来这种话。

罗限量不想一辈子这么过下去，他得结婚生子，把日子过起来,这个,在深圳办不到。

罗限量从来没有谈过恋爱。他倒是经历过一些女人,但是没有恋爱过。第一个算沾点边,是以恋爱理由认识的。他那时年轻,在关内上班,工资高,住公租房,眼光下不来,认定自己未来的女人藏在城市丛林深处,他绕着植物一棵一棵寻找,总会找到。后来年纪大了,他发现城市里女人无数,她们都和自己没有关系,他也就不相信命中注定这种事情了。以后麻城老乡给介绍了一个,拿一张照片给他看,姑娘叫汤云朵,在关外电子厂上班。照片上,姑娘额头又宽又高,人长得说不上好看,他本来不想答应,可姑娘有一双狐狸眼睛,看人的样子媚媚的,他犹豫了一下,答应见见。

两人接触了几次,有一次,汤云朵来找罗限量玩,遇到林子里闹天牛和舞毒蛾幼虫,罗限量要去山上治虫,汤云朵非跟着去不可,罗限量想显摆一下自己的公园,就带她去了。

两个人在林子里钻来钻去,阳光跟着他们跳来跳去。罗限量拿小铲子铲净虫洞四周的新鲜木屑,用注射器向虫洞里注射乐果稀释液。汤云朵在一边凑着脑袋看,炸开的头发撩了罗限量一脸,痒痒的。她不断发问:

"你在干什么呀?"

"注射药水。"

"给谁注射呀？"

"虫子。"

"谁是虫子啊？"

"舞毒蛾。"

"舞毒蛾是谁呀？"

"哦，就是虫子。"

"你猜我是不是虫子？"

"我不知道。"

"猜猜嘛。"

他们都笑了。他看她，她那双狐狸眼在树叶的光影间媚态十足，他嗅到一股强烈的植物味道，脑门上一涌，没有把持住，丢下注射器，把她摁倒在树下。

汤云朵是来借钱的。她要退掉老家的婚事。男方纳吉时送了礼，问期时下了聘金，汤家花光了钱，退不出来，汤云朵发誓追求自己的未来，决定自己把聘金筹足还上。罗限量被姑娘的决心感动得红了眼眶，去银行把卖老家房子的钱取出来，交给了她。

"要不够，我们继续挣，一分钱也不欠人家的。"

拿到钱那天晚上，汤云朵拖罗限量上山，还去生了虫子的那片林子，她要报答他。罗限量没让她报答，怎么说也不干。那算什么，他不能让姑娘为自己的未来做这种事，那种感觉让人心里很难受。两个人在树林里揪扯了半天，落了一身树叶，最终还是罗限量做了主。他央求姑娘,他们留着,以后有的是时间。

"那我们现在干什么呀?"汤云朵心有不甘,口气愠愠的。

"我给你讲植物的故事吧。"罗限量说。

"天这么黑,讲了也看不到。"

的确,林子里一片漆黑,花木师罗限量能看到几只顶着微弱蓝光的百足虫,或者是涡虫,它们从草叶下爬过,他喜欢那样的寂静之声,窸窸窣窣,这样的黑暗最适合讲植物的故事。

植物和人一样,有的聪明,有的笨,有的内敛,有的张扬,它们性格不同,但气味同样活跃。石竹挥发神秘的幽香,让人们注意它,所以人们喜欢用它来增加记忆,训练对外部信息的接受能力;薰衣草的气味像母亲,柔弱地抚摸人的脸颊,让人从紧张中平息下来,所以人们用它来治疗失眠和抑郁;桂树有一种特殊的芬芳,雀跃的气味独一无二,所以人们用它为胆小的孩子熬汤喝,让自卑的孩子驱除怯懦;橙树的气味热烈明快,是最好的鼓励剂,是情感缺陷症和冷漠的人们杰出的治愈师……

汤云朵在黑暗中静静地听,一只手悄悄伸过来,捉住罗限量的手,然后一直停留在那里。

事情过后,有很多次,罗限量都在猜测,在他讲述那些植物的时候，汤云朵其实是被他感动了。虽然那天天亮之后，他摇醒趴在他怀里睡着的她，给她掸净身上的泥土和草稞，送她离开莲花山公园时，她有点儿魂不守舍——没有多久，她拨通他的电话，通知他，他俩的关系结束了。

"我不想那么做，"电话里传来汽车驶过的背景声，也许她并没有走远，就在红荔路的某一个拐角处站着，"可我只能这样，你别恨我。"

他当然恨，但她没有欺骗他，她的确需要一笔钱，的确要退彩礼，只是她从没想过要和他好。她不爱他，爱的是另一个男人，男人经济能力不好，不能帮她还上聘金，她决定自己凑齐这笔钱。她纠结了好几个月，只是不想降低品位，才找了一个关内的男人——用她的话说——来换取这笔钱。

"你就当我是虫子，被你注射过。"她在电话那头阴阴地说。

罗限量当时就懵了。他想，他带汤云朵去山上灭虫子的时候究竟发生了什么。他只记得他把汤云朵扑倒的时候，有一股强烈的植物气味让他失去了判断，然后他什么事情都不记得了。现在他想起来了，那股植物的气味来自栗子花，像极了精胺的气味。

刘朕整整一天没有露面，晚上回到公租房的时候，罗限量已经睡了，两个人没有说上话。第二天早上刘朕起来的时候,罗限量已经把他那份炒粉放在他床头了。

"知不知道,伯曼猫毫无性格,只会讨好主人。"刘朕一边穿衣裳一边没话找话,"土耳其梵猫狡猾得很,而且太顽皮。"

罗限量停下正叠着的衣裳,扭过头去看刘朕,不知道他想说什么。

"布偶猫基本上就是傻子,你会被它急死。缅因猫爱惹事,而且极不诚实,惹了事就躲起来,你找都找不到它们。波斯猫像个妖怪,你要养了它,等着自取其辱。"

罗限量看刘朕,心里想,要是不出意外,接下来他应该提到暹罗猫。

"暹罗猫,"刘朕哧哧笑着说,"暹罗猫嫉妒心强,总是冲人大叫,就像被惯坏的孩子。"但他很快不笑了,看一眼罗限量,烦躁地把网上拍来的LED发光鞋一脚踢到床下。"我知道你心里怎么想,你觉得我卑鄙,对人冷漠,可谁不是这样,我又不是故意的。"

"那就赔她包。"罗限量说。

"凭什么?"

"你不逼她打开包,她就不会把包割破。"

"还就还,Valentino包网上拍最多3000块,我会还她,见到她我就还。"刘朕凶巴巴地说。

听到3000块这个数字,罗限量心里抽了一下。

3000块,不是一笔小钱,罗限量三周的工资。他刚上班时,一个月挣六百,头一次领工资,他吓了一跳,那是内地花木工半年的收入。以后涨到两千多,然后是四千多。他觉得这座城市到处都在咕嘟咕嘟冒油,堵都堵不住,不接都不好意思。每次发工资,他都要和伙伴们去梅林夜市的大排档大吃一顿,那个时候,人们充满欲望,但谁都是单纯的,他们就像兄弟姐妹,喝下很多推销价格的啤酒,塞一肚子烤蚝。那是他和这座城市的黄金时代,现在不行了,现在人们变得越来越冷漠。

一上班,罗限量就去山顶广场处理地被。有一片叶良姜出现了枯叶病,叶片开始发黄,需要处理。罗限量为那片植物喷洒了一遍硫酸铜混合液,等徒弟拖腐殖肥上来的时候,他用手机上网查了查,在京东网站上查到了那款正品粉红色Valentino女包,包的价格是13899元。他想天哪,一万多啊!他想刘朕怎么说是三千。他猜正是这个原因,刘朕才改口说猫的坏话。

罗限量有点吓住了,他回忆刘朕的话,刘朕说,见到她就还,看来他已经被自己的抱怨裹挟住,打算赔包了,但他为什么说三千?是不是找到了电商,打算赔高仿品?罗限量为这个纠结了一会儿,接着想,如果只是三千,也许自己应该出一半,毕竟包被划开的时候,他站在刘朕身边,所以女人才说,"我唔明你讲乜嘢"。按她的说法,他是"你们"中的一个。

山顶上风很大，风把植物叶子吹得没头脑地乱滚，罗限量看见几片斑叶山菅兰叶子，它们被风吹得拍来拍去。叶片下，两只红色的桃狭口山地蛙重叠着骑在一起，雄蛙个头壮，身体圆滚滚的，行动却一点都不笨，完全把雌蛙控制住了。罗限量知道，雄蛙很狡猾，交配时会在肚皮上分泌黏液，把自己和伴侣黏在一起，这样，雌蛙就算不愿意交配也没有办法分开。

罗限量把目光从狭口蛙身上移开。有一阵，他心里怏怏不乐。风越来越大，广场中央那尊著名的雕像迎风竖立，一点也不怕冷。罗限量离开交配的蛙，从雕像身边经过，走到广场边上，站在那里朝南边看。城市正在拔地而起的那栋最高大厦，脚手架涂抹了一层暗红色，让人担心它正在融化。再过去，就是香港米埔了。18年了，他从来没有去过香港，只在山顶上眺望过那边。他没有时间去。再说，就是去了，他也不知道能做什么。他这么想，就想到了母亲。

母亲突然推开父亲，冲到马路上，迎头撞向一辆高速开来的运板栗的货车，当场死亡。母亲的决绝给罗限量造成了很大的刺激。父亲告诉罗限量，母亲那段时间完全魔障了，老说没有家了。"那不是我的家。"母亲说。她说得对，京广线一路穿过家乡，然后是中南最大的火力发电厂，那些年家乡的变化非常大，村庄拆迁掉，很多人去了别的地方，在拆迁后重新建起来的移民点新家里，母亲闻不到家乡的味道。那些漫山开着的红杜鹃，成了招商引资的旅游资源，它们生长在海拔3000米高的龟山上，好像它们一开始就知道躲避这种诀窍。

那段时间，罗限量有点沉不住气……公园里有保洁队，有宠物清洁箱，但人们把包装袋丢在金脉爵床和山瑞香的枝叶上，遍地都是狗粪，他和徒弟们得帮着捡，不然会烂植物。狗粪黏性强，草地和台阶上的粪便，要用清水冲几遍才能冲干净。有一次，一个年轻人竟然站在路边，冲着大叶红草尿出他黄澄澄的尿液。年轻人辩解说，植物需要肥料，他是在做好事。那一次，罗限量不但吼了人，还和人打了一架。

罗限量开始讨厌公园。过去不这样，他非常在意公园，甚至可以说，他热爱公园。在他心里，那些高大的油棕、大王椰、金山葵就像他的兄弟姐妹，阔叶的大叶榕、小叶榄仁、尖叶杜英则是老家的街坊邻居，至于小一点的灌木，散尾葵、三药槟榔、四季桂和翅荚决明什么的，它们是他的儿女。他33岁，早到了生儿育女的年龄，可连婚都没结过一次，自然没有儿女，但他就是这么想的。

也就是那段时间，罗限量对成家上了心，不断地和各种各样的女人纠缠。公园椰风林景区有征婚廊，那不是他的去处，招贴栏基本成了研究生以上学历女性的档案馆，大学只读了四年的都不好意思往上贴资料。在汤云朵之后，同乡会的老乡给罗限量介绍了几个，见一个失败一个。晚报组织的相亲活动，罗限量参加了三次，约过两个，也都没谈成。

刘朕替自己的师傅着急，掺和进来，张罗着给师傅介绍了几个，以后不敢再介绍。因为一介绍，人家姑娘不看师傅，只问徒弟，要不要谈，二婚三婚都行，有没有孩子无所谓。刘朕是本地人，家里光押地就能养三代人，但他的志向是景观设计师，30岁之前免谈。

"机器都智能了，城市也会动脑子，一线城市，不是谁都能够让你娶妻生子留下来，"刘朕耐心地给师傅分析，"不这样，城市素质怎么提高，讲不讲未来？"

按刘朕分析，这事不能怪罗限量，要放在20年前，罗限量的条件完全能凑合，现在不行了，全球人口稠密度，这座城市排第五，常住人口1000多万，适婚者占一多半，大学生和海归主又占了适婚人口一半，他这种条件，一下子就比下去了。就跟五六十年代的香港，凡能偷渡过去的，只要能喘气就欢迎，以后劳动力解决了，警察恶狠狠把游过去的人往海里赶，所有的移民城市都这样。

罗限量被征婚的事情闹得有点绝望，刘朕怂恿师傅扩大交际面，并且帮师傅下载了陌陌。那以后，罗限量被敲诈过，挨过两次打，进了一次派出所。进派出所那次很糟糕，警察让交罚金，罗限量舍不得，认判不认罚。结果单位去人把他领回来，被好一顿处理，事情闹得公园里人人都知道，要不是看他手上活好，植物离不开，公园就把他开了。"再急也不能这样，约你也约正经的，软件上约的，谁跟你谈哪？"他没法辩解。他不能告诉人家，他一个也没谈过，这种事，说了也白说，没人相信。

直到夕阳掉进深圳湾肮脏的海水里，吐出一层雾茫茫的水汽，罗限量才忙完枯叶病的事。只有和植物待在一起的时候，罗限量才毛孔舒张，让汗水带走满心的郁积，有一种放松感。

下班以后，吃过晚饭，罗限量去了24小时银行，从柜台机里取了1500块钱。回公园的路上，他很小心，没有走树荫下，人少的地方他就停下来，站在路灯下等，人多起来他再跟着走。路过天桥时，他脚步慢下来，朝市民广场那边看。他知道那里有中心书城、音乐厅和图书馆，还有一片大得惊人的广场，很多比他年轻的男男女女在那里寻找他们未来的家。他猜他们和18年前的他一样，也是兴致勃勃地从内地移栽到这座城市，他们中间，只有少数的树种能够存活下来，别的要么死掉，要么得把自己移栽到其他地方去。

回到公租房，罗限量把钱交给刘朕。刘朕正低头刷屏，抬头看罗限量一眼。

"是不是我要不赔，你就过不去，非赖我赔不可？

就算赔，我也不赔正版，她有发票吗？"刘朕的意思，如果可能，连高仿他也不想买，"你不会赌气一个人给她买吧？"

罗限量当然不会一个人赔，他对奢侈品一窍不通，说不准粉红色Valentino的真伪，但他要离开了，不想欠谁的。他坐在那儿委屈地想，我这是干什么呀。他还侥幸地想，也许还有时间，应该试一试，抓住那个杀死猫的人，把凶手往派出所一送，这样他和刘朕就有了理由，什么也不用赔了。

连续几天早上，罗限量都没有出现在东南坡地的凤凰木林、东北坡地的疏林草地，也没有去侍候西北坡地上的面包树、海南红豆、风铃木和火焰木，他在公园南区椰风林景区的簕杜鹃灌木附近徘徊，等候凶手出现。

等到第三天，凶手出现了。

那个时候天刚亮，公园还没有开门，也不知道她打哪儿进的公园，怎么躲过了公园的安保。她背着一只粉红色的Valentino包，和之前那只一模一样。她朝四周看了看，没有发现躲藏在一片棕榈树后面的罗限量。她快速走到簕杜鹃灌木丛边，把子宫似的手包放下，从包里往外取什么。罗限量一头早雾，连蹦带跳地冲过去，她吓了一跳，不明白他是打哪儿钻出来的，接下来，他俩都站在那里。

和之前的那些牺牲品不同，这一次，女人手里捧着一只狸花猫，是那种最普通的品种。猫被套在一只塑料袋里，已经死了，四爪僵硬，姜黄色的眸子看不见，原来长眼睛的地方，空空地留着两个血肉模糊的窟窿。

女人丢下袋子里的死猫，反身往南门方向跑。她尖锐地叫了一声，身体矮下去，倒在地上，压抑地抽搭起来。罗限量跟过去，看见女人雪青色的裤腿，被籂杜鹃的一根枝杈戳了一个洞，一截弯曲的灌木从左腿的腓骨内侧插进去，挑起那条腿。女人脸上流着泪，疼得拖着腿说不出话。

"咪啷，"罗限量阻止住试图躲开自己的女人，"佢会拮断血管。"①

女人停下来，不动。罗限量伸手固定住摇动的花枝，另一只手从身后工具包里掏出修枝剪。"忍一忍，好快就好。"他熟练地用修枝剪截断插在女人比目鱼肌上的枝杈，留下3厘米左右的碴口，再小心地把乱糟糟的裤腿绞开，让婴儿嘴似的伤口露出来。伤口处有些泛白，不过一点血都没有。

"我唔可以将佢�ަ出嚟。②"罗限量快速在亚麻料裤脚上绞下一圈布，剩下的绾起来，但不能绾太高，那样会露出膝盖，让受害者发窘。"我唔确定伤口入面嘅树枝会唔会断，会唔会伤到大啲嘅血管，你要到医院接受一

---

① 粤语：别动，它会戳断（你的）血管。
② 粤语：我不可以把它拔出来。

次小手术。"他觉得他没有在这座城市白生活 18 年,那点白话还管用,"你要同医生讲,伤口接触喇泥泥滆,佢哋会帮你做破伤风处理,唔系,就算冇拮断血管你都会死。"①

罗限量用绞下的布条小心地为女人包扎好伤口,固定住伤口中留下的树茬,尽量不让它移位,再在裤腿上剪出两个洞,布条打了个死结,这样人再怎么动,裤腿都不会落下来妨碍伤口了。

现在他做完该做的事情。他们看对方。他知道她很疼,会越来越疼,而且她不想和他说话。

"要我扶你吗?"他说。

女人点点头。他把修枝剪插回工具袋,把女人从地上扶起来。她看他,用那双与世无争的柳叶眼,它们眼睑细细,眸子清澈。他突然有些恼火。

"点解咁?"他质问她,"你杀咗几多猫呀?"②

女人看着他,不说话。

他知道这么问什么意义也没有。他觉得不应该轻易相信,人能够变成植物,或者说,不应该相信在植物中,人能够找到亲密的感觉,就像兄弟姐妹的感觉,就

---

① 粤语:我不确定伤口里的树茬会不会断在里面,伤到大一点的血管,你要到医院接受一次小手术。你要告诉医生,伤口接触过烂泥土,他们会给你做破伤风处理,不然,就算没戳断血管你也会死。

② 粤语:为什么这样做?你杀了多少猫?

算在别的地方这种情况曾经有过，现在也越来越少了。

他把目光从女人脸上移开。他确定她自己能走，像他告诉她的，离开公园，去找医生。他从地上拾起装死猫的塑料袋。狸花猫身上有一股簕杜鹃的味道。他知道这个念头是不对的，不是所有的植物都有气味，簕杜鹃就没有气味，有的植物至死都不肯释放出茉莉酮酸。他决定不去想这个，先把狸花猫埋掉。还有，他不希望她再回到这里，无论是否带着子宫一样漂亮的包。

花木师罗限量离开簕杜鹃花丛，向高处一点的地方走去，阳光从更高的地方洒落下来，从他渗出微汗的额头上一片片掠过。很多年以前，他在谈唯一一次恋爱的时候，他给那个名字叫作汤云朵的姑娘讲了一个植物气味的故事，他没有告诉姑娘一件事，植物的气味有时候是邀请，但更多的时候是拒绝。它们希望访客不断，带走它们的孢子，去别的地方繁衍生长，但它们不希望访客留下来打扰自己，于是就用气味传递驱离访客的讯息。关于这个，昆虫们接受了，别的动物没有接受。

2015年1月8日

于深圳梅林数叶轩

豆 子 去 哪 了

那天，我在青山宠物公墓埋葬了豆子，向宠物医院业务员支付了佣金，打发掉他们，坐在洒满阳光的草地上，一边打盹，一边考虑是否从通勤包里掏出铅笔刀，在蜂环蝶绕的背景下干点什么。这个时候，电话响了。

电话那头是陌生人，紧张的女中音，说她叫 Mo chen。我问哪个 Chen。对方犹豫了一下，说，"允尘邈而难亏"那个"尘"，您不认识我，我是 Lu Jian 的学生，想见见您。

冬天的阳光懒洋洋的，适合冥想和羽化，有一会儿，我没有说话，没有问"哪个 Jian"。我觉得不用，用不着。

豆子是只杂种狗，十三年前我领养的。我没有主动领养，我猜它被原来的主人遗弃了。那会儿它三四个月大，可怜巴巴蹲在街头，被冷冽的雨水淋得瑟瑟发抖，样子就像一团泡胀了的抹布。我从地铁口出来，它抬脸看我，目光老成，眼神就像和众生背道而驰的本杰明·巴顿。我确定它不是那个忧伤的孩子，我和它没有血缘，我们之间没有债权债务，但前世就难说了。回到政府人才公寓，我做完该做的事情，给自己泡了一杯茶，慢慢喝完，重新穿上湿衣裳，返回街头。本杰明·巴顿还等在那儿，像是笃定了我会回去，完成命运轮回。街上很干净，雨水像一粒粒亮晶晶的豆子，欢快地在马路牙子上跳跃滚动，让人相信我们身处美丽新世界，可以自由前往任何目的地。我数了会儿街头驶过的车，蹲下来，看着狗雨水迷津的脸说，如果愿意跟我回去，你就点头。它呜咽着，把湿漉漉的脑袋别到一旁，委屈地点了点头。

我没有告诉豆子，下班前，公司技术研发部总监约我谈话，告诉我，我负责的项目补充经费申请被驳回了，如果年末项目还没有起色，公司将考虑调低我的期权档。当然，我也可以不接受，另谋高就，离开公司去别处发展。我也没有告诉豆子，在回到公寓之后，我脱掉湿衣裳，光着身子，从微波炉里拿出一只清洁袋，从袋子里取出铅笔刀，用酒精仔细为铅笔刀片消了毒，走进盥洗间，打开喷头，在疤痕无数的手腕上找到一处新鲜位置，用刀片安静地划出一道口子。皮肤快速翻卷着绽开，血液迟疑了片刻，像成熟果实的果浆一样喷溅而出，顺着沐浴流淌下去，在脚边形成一团旋涡，我愉快地看着它们，情绪很快平复下来。接下来，我需要再一次去社区医院做伤口抗感染治疗了。

那天的雨，一直下到第二天中午才停。我和豆子从那天开始，一起度过了十三年，那是我生命中最正常的日子。

黄昏时分，我在港大医院见到打电话的人，莫尘。她是那种需要屏住呼吸才能看出模样的年轻人，二十五六岁，个头不高，线条分明的窄脸，一绺没有光泽的短发僵直地贴在同样没有光泽的额头上，穿一套还算合体的蛋青色中式套裙，裙摆皱皱巴巴，像休渔期闲置不用的麻罟。这么说可能不礼貌，但我很少看到如此不注重修饰的女性，我猜她起床后只是胡乱用清水洗了把脸，如果她昨晚的确睡过觉。我心里想，她在电话里介绍自己，为什么不说她是"尘埃"的尘、"尘俗"的尘、"尘念"的尘、"表里无尘"的尘、"咸阳古道音尘绝"的尘、"适自尘蔽于己"的尘，而要说"允尘邈而难亏"的尘，这里面有何见教？

港大医院离海湾近，前蚝田和基围虾池魅影犹在，令人作呕的金属异味不断传来，这并没有妨碍我很快从莫尘嘴里得知下面的故事：著名老庄文化学者陆荐先生昨天来到这座城市，做了他计划中第一场演讲。按照莫尘的说法，和以往一样，演讲效果出奇地好。官方网站称，这座以重商著称的城市当天刮过一道清新的旋风，它为匆匆行走在利益刀锋上的人们留下耐人寻味的启蒙之光，人们对他的渴求远远胜过两位正在此地做路演的科技狂人的新品推介会。要知道，科技智慧才是这座城市的精神桂冠，科技败给传统文化，这还是第一次，这让某些资本大佬十分窘迫，也使这座城市的市长感到不安。接下来，陆荐大师还有两场演讲，可是，昨天晚上，在接待过几位专程过境来拜见的港大和科大学者后，大师忽然感到强烈不适，他开始呕吐，并试图打开酒店67楼的窗户，从那里飞身而下，被取药回来的学生制止住。邀请方很快将大师送进医院。检查很细致，一切生化指标都正常，没有任何异样，但大师很躁狂，看上去异常不安，医生使用了氯丙嗪，此时，大师正在沉睡。

我目光呆板地看着面前的小个子青年。现在我有点意识到，她不是"她"，不明显是，但也可能不是"他"，谁知道呢？这是一个复杂问题，见面第一时间，我捕捉到对方不易觉察的鼻翼翕动、目光一掠和耳轮在黄昏夕阳下轻微的颤动，这是性定向行为在感觉系统上的敏锐反射。即使十三年前，在遇到豆子的第二天，我就离开了原供职公司，这十三年辗转数家公司和研究机构，前途始终未曾开化，但学术基础我没有忘记。不过，在完成全测试之前，我们可能连自己的基因、染色体、性腺、生殖器、心理和社会性别都弄不清楚，就像没人知道你的情绪什么时候会低落到必须切开手腕，让血流淌一阵子，或者流光，以平衡躁狂症。面对这种复杂情况，我还是保守一点，维持最初的判断，称对方为"她"吧。

"我从事药学研究，不做临床，能为您做什么？"我尽量客气地说。

"老师被送进医院后，反复提到您的名字，皮特大夫认为您对帮助他恢复平静有积极作用，建议找到您。"

莫尘羞涩地躲开我的目光，大概因为把我当作钙片这样的广谱安慰剂而感到不安，"对不起，没有经过您的同意，通过数据找到您的联系方式，现在我知道，老师为什么会提到您了。"

是吗？我心想，那是什么？我在大数据中留下的职业失败案例，还是我手腕上缠裹的纱布暴露了她老师前世的某条秘密人生通道？

是的，我认识陆荐，如果他是我认识的那个陆荐的话，我们曾经是同事。

二十年前，我在内地某个科研所工作，主持一项著名的科研课题。要知道，并不是每个科研工作者都有机会接触到国家项目，在市场经济全面提速前，国项基本是科学家头上耀眼的桂冠。然而，软弱一直在戕害我，它就像温柔的吞噬菌，在我从中科大少年班毕业，赴康奈尔大学和普林斯顿大学修完硕博，回国主持科研课题数年后，慢慢吞噬掉我身上的光环，让我终于回归鸡鹜之辈，学术无望，前途黯淡，任人驱使。我有过十几位助手，每位都比我年长，比我能力强，他们在我身边待过几年后，陆续接下另外的项目，去做了别人的老板，有两位还成为我的顶头上司。陆荐是我助手当中的一个，他不同，我在那家科研机构实在混不下去，辞职离开前，他一直追随我，一步也没有离开过。他是团队中的榇栎之材，甚至于，用平庸这个词来形容他也有些过谦,要知道,他把多少事情弄砸了啊,把多少事情弄砸了啊,连所里的保洁工都瞧不起他。"陆博,今天受精卵玻片没弄错吧?""陆博,干吗不试试让氯醛糖和戊巴妥钠复婚呢?"那种明目张胆的僭越口气,连我听了都感到愤怒!

我离开那家科研所之前,陆荐拎了两瓶"牛栏山"敲开我宿舍的门,为我送行。只有他,其他人装作不知道我向所里递交了辞职书这件事。那天陆荐喝多了,他告诉我,他不是不想离开我,他私下艾特了所有另立山头的师兄弟,他们要么觉得这是一个不太好笑的笑话,要么直截了当告诉他,他和我是一对绝配,最好什么也不做,待在我身边,别再去其他地方害人。陆荐哭得非常厉害,一把鼻涕一把泪,说遭到如此侮辱,他还不如去跳楼。实际上,在我离开那家科研所之前,陆荐跳楼的事件一次也没有发生过,只是,在抢着帮我把行李箱送到门外车上时,他失手将箱子从台阶上摔下去,箱子摔坏了,箱子里的东西撒了一地,包括几样不宜与外人道的私人用品。

当年,我困惑的是陆荐要怎么做才能把每件事情都弄砸,要知道,这个难度相当大。这件事我从来没有和陆荐讨论过,正如我不会和他讨论希伯尔特第7问题和第8问题一样,我们自身就是一对无可救药的黎曼猜想。如今,我有了新的困惑——我和陆荐,我们都是碌碌无为的科研工作者,是两条半辈子在理工科池塘里浸泡着的塘鲺,他什么时候,用什么方法让自己彻悟大道,修得金丹,蜕变成一条珍贵的鳗鲡?哦,不对,一位珍稀的传统文化学者?

我被告知,陆荐原定今天的演讲改为明天,然后他会离开这座城市,去别的地方。当然,这取决于在演讲前,他是否能恢复健康。此时,在药物的帮助下,著名学者还会安静地睡上几小时,这意味着我有时间回家换一身干净衣裳,卸掉因豆子离去带来的悲伤情绪。这很重要。在感受到同类的悲伤时,即便老鼠也会陷入共情,随之悲伤,同理,不连累他人,对已经陷入情绪不适的对象产生不利困扰,是人类社交场合的基本准则吧。

回到人才公寓,冲过凉,我给自己泡了一杯水仙。以科学的名义发誓,这泡水仙有清白的谱系,它是海峡两岸斗茶赛上的金奖荣膺者,审评号518,密码111,和我的身份指数有着某种社会样板的契合和讽喻,就像我的前世。我坐在那儿,慢慢喝完茶,发了一会儿呆,起身去工作台前打开电脑,开始搜索前同事陆荐的信息。

作为近年来炙手可热的国学大师,陆荐并非第一次来这座城市,算起来,他出现在这座城市大大小小的讲坛已经有三年历史,几乎每次来,都会掀起一道旋风,引得当地矜持的学院泰斗和肤浅的传媒为他站台。"他在难以逾越的古老哲学高峰自由行走,在中学重述运动中开一代先河","他是深入发掘老子思想又坚持学术个性的领航人,自然万物之圭臬不可思议的执掌者",泰斗们这么评价他。而传媒则完全成了他忠实的迷妹,称他归根复命,自成一体,仰勘天文,俯察地理,中夺人事,把深邃的道学哲理阐释得极有趣味,化成便于修悟的体验之学,指导人们运用到社会生活中,无往不胜。

唔,大师本人有不少头衔,以我稚拙混乱的通识认知,至少一半由政府机构认可,有的本身就是国家学术机构成员。他的追随者中有大量成功人士,企业家、金融家、财经作家和演艺界人士。有几份帖子透露,大师真正的拥趸并非上述名利双拥的时代楷模,而是一些不会在公众场合现身的政府官员。我不认为上述信息有什么逻辑谬误,它们得到了国际上的支持,不然,联合国教科文组织凭什么把《道德经》指定为影响力第一的中国著作?

离开电脑,我为自己续了第二杯热茶,慢慢喝光,然后打开微波炉,把装着小刀和消毒品的清洁袋取出来,放到洗衣机里,用微波炉给自己做了一份咖喱鸡肉盖浇饭简餐。

夜里十点,按照约定,我出现在港大医院神经内科住院部。莫尘提前几分钟等在那儿。我直截了当地向莫尘表示，希望她告诉我，我能做些什么。就是说，我被人莫名其妙从数据系统里拎出来，需要具体在一场中枢神经介质代谢异常事件中充当什么角色。莫尘显得很为难，她不知道她的导师为何在失控状态里反复提到我，她只希望我能帮助她的导师在十几个小时之后顺利返回讲坛，为此，她不惜向我透露了她导师一件赤裸裸的丑闻：某大学请大师演讲，因为没有控制好迎宾程序，大师直接拿该校校长作靶子，挖苦老先生的学术水平，甚至讽刺对方没有学好中文，令举办方十分尴尬。

"但时间是站在他那边的，"莫尘涨红了脸急匆匆解释，"您不得不佩服，他的演说是那么超凡脱俗，迷住了所有人，就连他的批评对象也无法抗拒他的思想和语言魅力。"

"懂了，"我朝护士站看去，那里有一位没有脑袋的值班护士，她正把脑袋埋在肩膀下面，低头寻找什么，"如果没有猜错，我能做的，是把握好时间，听一位活着的先秦雄辩家深夜演讲，直到他恢复超凡脱俗的思想和语言魅力。"

莫尘去核实过后，回来带我走进317号单人病房。屋内散发着一股可疑的霉味，不知来自杀毒光源还是别处，陆荐——对不起，我需要一段时间调整记忆，熟悉他的大师身份——已经醒来了，坐在椅子上进食。他手里别扭地掂着小勺，禅修般专注地盯着面前的镍制托盘,好像镍盘中盛着的两块黑乎乎说不清食材的食物是宇宙之道、人类之德,让人觉得,那是一个制毒师隐秘的仪式。二十年过去,我们不再年轻,但他看起来还好。我是说,作为中年人,他看不出有什么健身或保养痕迹,却完全没有腰身,只是头发蓬乱,印堂发亮,像只心满意足后的大个头阴茎,显得谦和而泰然若处。他听到动静,回头朝门口看了一眼。我听见一阵簌簌的声响,是他身上的赭红色莨苕布摩擦树脂椅面发出的声音。并没有发生什么大事,他像真正的大人物一样,把勺子仔细放在托盘里,站起来,大步迎向我,向我伸出手。

"你不会相信,怎么会有如此荒谬的事情,它是怎么发生的。"他目光直视我,口齿清楚,口气洪亮,声音中透出一种训练有素的权威,我记得他过去不怎么敢开口,说话畏畏缩缩,因为总是遭到人们嘲讽,好像还有点口吃,"但你还是来了,我知道,你不会抛弃我。"

老实说,我没有思考过抛弃这件事情,或者说,我正是那个被人们反复抛弃的家伙,抛弃就是我的基本状态。要知道,我生活的这座边疆城市,它一直要摆脱内地,投入世界怀抱,在这个轨道上出溜得非常快。这些年,和我搭过手的同事差不多有一百人,诚实地说,除了大量模仿,他们和我一样平庸,但他们像穿上了鲨鱼皮泳衣,一个个飞快地超过我,匆匆游到前面去,我永远比第一名慢半拍。成王败寇，跟在一线后面的人分文不值，我只能出局，回到政府分给我的人才公寓中，在喝过一杯杯热茶后，一次次安静地切开自己的手腕。

只是，我不想接陆荐递过来的手。我对老聃先生完全不了解，但却清楚，有些病是会传染的，比如幽门螺杆菌、弓形虫、带状疱疹、伤寒和疟疾，就算肛瘘手术，也可能因为敷料携带传染源，让接触者染上艾滋病。实验室中禁止握手，那是官员的坏毛病，我和陆荐二十年前戴实验用手套，时隔二十年，我不确定是否应该在我们之间设立安全抑制措施。

可是，完全来不及做评估，我的手已经被大师紧紧握住。他的手肥大而温暖，像两团刚出土的太岁，而不是一个曾经被试剂浸泡过的科学家的手。不过，现在好了，我顺利完成了记忆模式修改，称他大师了，这个代价够大。

"你在想，奇怪，为什么是他，为什么是老子？"大师盯着我的眼睛，好像在判断我和食盘中那两块疑似食物的黑乎乎家伙之间的关系，或者在判断他面前的听众是否带有敌意，这种感觉让人不安，"你一定要坐下来，我们有的是时间。实际上，你应该知道为什么你在这里，我很快就会告诉你。"

紧张的学生为我端来一把全塑椅，模样活像寒冬季节屠宰后立刻冻上的口外羊。学生不看椅子的使用者，看大师，目光崇拜得要命。这个我懂，我二十多岁担任国家项目负责人时，人们也用这种眼光看我。

椅子坐着不舒服，推测是为探视者量身制作。病人需要安静，探视者最好别坐下，打个招呼走人，我对这个设计理念由衷地赞同，但还是坐下了。

"还记得那副实验用护目镜吗？"大师问我，像演讲中对听众亲切提问的某个环节，目光中透露出一股狡黠，"没印象？这就对了，它和其他眼镜具有所有的相似点，差异仅仅在调试之后目距的宽窄，差别只有几毫米，无数条件可以让这几毫米不复存在，猴子才知道，科学有时候就是儿戏。"

我困惑地看着大师，他的脸熠熠闪光，大概是讲坛风采的回光返照。

"想想，那天，有人错拿了你的护目镜，试戴时撑大了它，因为实验失败，你犯了头疼的毛病，喝了酒，吃了小龙虾，没睡好，或者在灯下和某本英文资料偷了一次一点也不欢愉的情，那种情况下，什么事情都可能发生。"他快速朝天花板看了一眼，好像那里有人在偷窥，"我不是你最信赖的助手，你却当着众人，目光越过所有人投向我，只投向我，好像我就是那个无耻的贼。"

我想起来他在说什么，好像有一次——肯定不止一次，别的时候也会发生这类事情——我的护目镜不见了，我不记得当时我看过谁，胡乱抓了一副别人的眼镜戴上。我记得其他人哈哈大笑,但这个短暂的喜剧情节并没有挽救我领导的项目最终走入绝境。

"你是说,这件事情给你带来了阴影?"我用委婉的口气反问他,"事情过了二十年,你仍然忘不了它,还是你后来在某个地方找到了我的手套,哦,不,眼镜?"

"你确定真的在乎我的感受?我猜不是。人们通过护目镜看到的事物并不真实,你也一样,是不是?这真让人受不了。"他脸上露出一丝犹豫,"需要打开窗户吗?"

"据说医院和旅馆二楼以上不能开窗,大型企业和学校也不能。"我觉得,连周边的空气都看出来了,他昨晚身体不适的后遗症仍然在,脸色不正常,因为恐惧和困惑,他想控制自己,显然这不容易,但是,好像我们又回到了二十年前那个毫无头绪的项目时代,这让我突然有了一丝快意,"事情就好像,怎么说呢,精密量取与液体量器的关系,我说这个你肯定知道。"

"不如你直接问,你为什么在这儿?"他狡猾地咧开嘴笑了笑,把身子往后靠去,做了个奇怪的举动,用左手拇指和中指扎成一把弓,张开嘴,指弓伸进坩埚般的嘴里,咯嘣咯嘣地弹牙齿,仿佛在试探它们的成色,"知道吗,这是我遇到过的最奇怪的事情,不是窗户,是人。在这座城市,你只能看到人群,看不到一个一个的人,情况相当诡异。"

"你想看到畜牧场之外的风景?可是,你都说了,这是城市,你不能指望看到赛马们的生活,虽然它们总是被赶到赛道上去。"

"啊呀,那倒不一定,畜牧场之外是什么鬼,那里的情况更糟糕,你完全听不清楚人们在说什么,对吧?"

我不知道这是不是大师和普通人的区别,比如,和我的区别。我说不清楚关于天地人的联想,道与万物的关系,无法走进他的世界,这就是我当时的感觉。病房里出现一阵沉默,我在想,他想听清楚人们说什么,人们对他演讲的反应。我没有听过他的演讲,我猜那些内容已经超过我能理解的部分,我是说,科学世界的部分。我不安地扭过头去,看了一眼站在一旁的莫尘。忠实的学生当然不会冒失插嘴,她的中性五官在病房温和的灯光下显得很精致,身体像鲍鱼一样瓷实,这预示着一种潜在危险。

"不用担心,她是哑巴。"大师随着我的目光看向学生,目光像牡蛎一样温柔,"我是说,她是另外一个我,不会说废话。"

我不这么想。他知不知道,虽然牡蛎被河口一带的工业排水污染得厉害,但它们仍然是这座城市的特产?而且,依我看,叫莫尘的学生不像一个能够通过微积分推导出动力基本方程的学霸,她完全没有必要待在我们身边,最好趁我被她的导师教导的时候,溜进卫生间给自己敷上一张苔藓面膜,靠在马桶上打一会儿盹。

"不理解高维空间的人,就算戴块手表也毫无价值,脖颈上长颗脑袋也没用。"大师打破短暂的沉寂,停下敲打牙齿,身体往前倾,看着我的眼睛,目光带着傲慢和猜忌,像一幅印走了五官位置的版画,让人无法猜测他目光中的寓意,然后他突然诡异地咻咻笑起来,"不过,你不一样,不聪明,但不傻,会理解。"

"理解什么?"

"要分是什么。"

"还有什么?"我有点不高兴,觉得被冒犯了,他提到聪明,凭什么我要做那样的人?我扭头看他的学生,恶意满满,"我猜,你们明天的活动会正常进行。"

莫尘快速看了一眼自己的导师,意思明确,这取决于他的情况。

"哈,什么什么,我刚才问你护目镜,我就想说这个。"大师好像没有听见我和他的学生说什么,他被什么困惑住了,无法摆脱,有点自暴自弃,"知道吗,我的书卖得很好,莫尘会亲口告诉你,我的版税高得出版社想杀了我,可是,人们为什么要迷恋狗屎?我是指那些臭不可闻的书籍。有一种可能,80年代以后,人们灰心失望,熬不住了,他们想摘掉护目镜,把它丢得远远的。知道吗,这是典型的精神病症候,人们隔着历史的裤子自慰，子曰，吾今日见老子，其犹龙邪。哈哈！其犹龙邪，就是这么回事，我就是那会儿变成飞来飞去的鸽子，双脚陷在酱缸里，除了不断给人们唱咏叹调，别无去路。"

这个我明白。他是说，人们终其一生寻找自己的时代，只要找到它，每个人都能成这样或那样的大师，文明就是这么一页页订成书，拿去换成巨额版权费。我猜他就是这个意思。

"我和时代相互报应，用卑鄙的手段交换无耻和崇高，用死亡之舌亲吻爱，用禁锢和纵欲相生相杀，但是不对，没人骗得了我，我清楚那是什么，我在积累自己的葬礼，人们也是，他们急不可耐，他们……"他突然停下来，好像有点困惑，有一种不安，"你孩子多大了？"

"我没孩子。"我认真地想了想，确定地说，"我还没结婚。"

"好吧，问题就在这儿，"他目光纠结地朝茶几上看了一眼，好像有什么东西在他胸膛中爆裂开，一个气泡，还是别的什么，他情绪开始明显萎靡下去，表情里有某种对世俗世界的绝望，"所有荒唐的事情都有内在的合理结构，肯定有某种逻辑从这儿逃走了，也许是无数种，我们失去了它们，就像你失去了婚姻和孩子。"

我当然没有失去婚姻和孩子。我从来没有得到过它和他们。但我能原谅他的自相矛盾。为了舒缓失败的压力和失控的情绪，我有好几次考虑过是否服用恰特草或者跳跳糖，我知道那样会更糟糕。我宁愿使用装在清洁袋里的铅笔刀来平衡抑郁和躁狂，这是我经过十二个公式精算后得到的科学答案。现在，我在考虑怎么回答他，关于婚姻和孩子这件事，我们都不在自己的世界里，那是一种迷失的存在。只是，我不清楚他是否在吸食笑气或者彩虹烟，要是这样，情况就麻烦了，至少我不会允许他第二次握住我的手。

门从外面打开，值班大夫进来了。是个头发梳得很严谨的亚洲男子，听口音是香港人，可能就是莫尘提到的那位皮特大夫。大概接待方打过招呼，严谨发型的大夫没有拿7号针头注射器往大师的臀部上扎，只是刻板地提醒病人十分钟内结束会客，然后乖乖躺回到病床上去。大师像是受到极大的侮辱，没有看大夫，盯着茶几上的食盘，以沉默表示抗议。莫尘清楚发生了什么，客气地把大夫送出门，向他保证，月亮正在愉快地升起，317房的会客时间不会持续太久。

"没结婚，没结过？"他俩刚一离开，大师就身子前倾地盯住我，好像如果那是事实，他和他的老聃会非常失望，甚至于，他们将商量是否彻底消失掉，谁也不理睬，让自甘堕落的世界沉沦下去，"你哪儿出了问题？"

这有点过分。说真的，如果不是担心明天登台时人们在大师脸上看到不太光彩的痕迹，我会当场甩他一记耳光。好在我没读过老子的著作，但读过奥莉薇亚·贾德森的《Dr. Tatiana给全球生物的性忠告》，说实话，婚姻和孩子不是我的困境，不会导致我情绪崩溃，科学早已教会我理性和冷漠，任何时候我都只面对自己的手腕，和他人保持 45.72×2 厘米距离，这让我和他人的肢体冲突概率大大降低，这也是我和豆子，我们能够相依为命十三年的原因。

"我走得太快，没有留意在什么地方拐了个弯，把自己弄丢了。"没有等我想出该如何回答他的问题，他就开了口，像一只在日光下咬住自己尾巴的猫，气喘吁吁，不肯松开牙，"明白吗，我把自己弄丢了，不知道过去的自己是什么样，简直太可怕了！我试图返回去找到他，我是说，找到我，可根本做不到，我忘记了那个拐角的位置。而且，人们阻止我回去，好像我是他们的屁股帘，他们厌恶露出屁股，我去拐角和人们要求的风趣如出二辙，老子绝对不会做出这样的事情。"

"老子什么？"

"什么什么？"

"你刚才提到他，如果你指的不是老年男子的自称的话。"

"你觉得呢？"

"说不好。"

"你撒谎!"他有点生气,快速朝门口看了一眼,好像他在向我道出他的重大秘密,他很害怕他的学生这个时候返回,这可能给人类带来巨大灾难,"文字出现之前人们就建立了朴素的辩证观,一种低级思维,早于甲骨文一千年的两爻,巴门尼德的存在与非存在,亚里士多德的辩证逻辑,好嘛,所有人都摆出舍我其谁的派头,好像他们就是世界的主人。这太可笑了,那不过是彻头彻尾的思维混乱,还不如老老实实蹲在墙角看蚂蚁搬家。"

"可是……"

"他们怎么可以自誉为民族精神和文明?"大师涨红了脸,伸手阻止住我的插嘴,激情淹没了他,他的语速越来越快,"你知道我在说什么。我卑微地存在着,就像阴天的影子,它在那儿,没人能看见,我乞求自己别那样,别那样,直到有一天,我对自己说,别哭了,没人在乎你。我说了那话之后穿上衣服,走出门去,知道发生了什么?"他的眸子里充满了柔情,但也可能是愤怒,"门房问我找谁,知道吗,他问我,你——找——谁?这算什么?我在科研所七八年,连他脸上有几颗疣子都一清二楚,他怎么会不认识我?我很快知道发生了什么,伤心,是它改变了我的本来面目,如果我高兴,门房也认不出我,任何情绪都有可能让我深藏在潜意识里的人格发生错乱,变成另外一个我,那么好吧,让我们来看看什么是去他大爷的文化！"

"唔，你是说，过去你浑浑噩噩，可你却不知道，"趁着他使用了一个感叹号，我把话头抢过来，我知道刚才我听到的话不全是老聃的，有些是陆荇的，作为后来的大师，他陷入了一种角色混乱，"后来，你受到门房师傅的点拨，由于这个原因，而不是什么护目镜，你变成了一位大师？"

"你还不明白？"他情绪愤怒地瞪着我，"我看清楚了世界的秘密，可却不敢开口，害怕一开口我就会毁灭！"

他的样子让我有点紧张，接不上话。他感觉到了我的愚驽，失望地停下来，目光离开我，在空气中不安地游动，像是在寻求帮助。我随着他的目光看空中，那里什么也没有，也许我看不见，但他就难说了。接下来，事情变得不可控制，他向空中伸出一只手，看上去他想抓住什么，同时挣扎着要从椅子上站起来，我不知道那里有什么，如果有，它是谁，我帮不上他的忙，坐在那里没有动，而他坚持着，我感觉有什么事情不对劲，他的呼吸急促起来，脸膛发潮，说不出话，另一只胳膊颤颤巍巍地举起来，徒劳地抓住自己的胸脯，好像他知道一个让人们羞耻的秘密，他因为愤怒和怜悯而无法将其揭穿深陷痛苦。很快，他大汗淋漓，顺着椅子滑跪在地上，嘴里嘟囔着一些没人能够听懂的词语。

"为什么,为什么会这样。"他跪在那里,不知羞耻地流着泪,他用手掌去揩它们,把脸弄得一片狼藉,"知道吗,我完蛋了,死翘翘,狗带,就是这么回事。"

说完那句话,他抓住茶几边缘爬向床边,摇晃着攀上床,趴在那儿,不再理会我。啜泣声从枕头下传出,我听见他试图突破呜咽的封锁,就是说,二十年前的他,包括我,那段历史里有多少伤感的情绪在漫延,它们仍然稀释着,没有凝固成癌变历史,在寻找机会像眼泪鼻涕一样流出来。我在脑海里搜寻某个公式,关于光明世界的牛顿第二定律,关于唯美人生的毕达哥拉斯定律,关于神秘爱情的欧拉公式,或者关于生存与死亡的薛定谔方程,显然,那是人类最大的误解,它们没有把人们带出黑暗世界的能力,不能拯救他,以及安慰我。我想到梨子酒,实际上,陆荐——我觉得这个称呼更适合他——就像被装进瓶子里的梨子,刚开始什么都不是,等他长大后,认识他幼果的人,比如我,已经认不出他,他也无法从透明的瓶子里钻出来,告诉我到底发生了什么。我尽量不去想这个,不去想他也许是一次致畸胚胎的结果,老庄不过是他,以及这个世界变成今天这个样子的致畸因子。至于我,我不过是一只永远也成熟不了的梨子,提不提都没什么。

我们就这样坐着和趴着,我们都没有动静。

不知过了多久,莫尘进来了,她朝屋里看了一眼就明白过来发生了什么。她什么话也不说,绕过无赖地坐在那儿的我,坐到病床边,伸出手温柔地抚摸大师的头,用纤细的手指一下一下捋着他乱蓬蓬的头发,完全视我于不存在。

我看着师生二人,念头仍然在继续,我想,如果二十年后还有什么奇怪的原因把我和陆荐联系在一起,我觉得只能是柔弱,可惜,"弱者道之用"没有给我带来任何有形质的希望,关于这一点,我早就认账了,不翻案,别人就很难说了。比如陆荐,他和老聃相互利用,欺骗所有人,他想打破瓶子,从里面钻出来,眼下发生的,不过是这么一回事。只是,我想问问陆荐,他为什么要在事情过去二十年之后找到我,很显然,除了平庸,我一无所有,不可能是他致畸病变的证实或证伪者,他把我找来,和我说了那么多和他的大师身份牵扯不上的东西,显得缺乏逻辑,有点像章节混乱逻辑不连贯的《道德经》。

但我决定不问了。圣人之道,为而不争,何况,他现在需要治疗,而不是交谈。

我不再说什么,欠身离开不便长坐的椅子,撇下哭泣着的大师,走出317病房。

忠实的学生跟出来。她说谢谢您能来。我说不用送,照顾好你的导师吧。她说您是不是在想,他怎么会变成这样?我反应有些迟钝,没有明白她的话,抬头看她。她说了一句话,意味深长地抿着嘴唇笑了笑,回身走进病房,轻轻掩上病房的门。

"老子说,物壮则老,谓之不道,不道早已,吕不韦总结为全则必缺,就是后来人们说的,反动。"

如果我没记错,学生的话是这样说的。我还知道了,她会笑。

已经很晚了,医院里没有什么人,偶尔有几个离开的病人家属,或者收垃圾的保洁工,他们匆匆从我身边走过。我品味着学生说的话,脸上荡起一丝微笑。要知道,这是一个干爽的日子,没有什么了不起的事情发生,我的判断是,这一次,我不会情绪崩溃,去微波炉取出我忠实的清洁袋了。

六天之后,我去青山宠物公墓看望豆子,给它带了一本《黑塔利亚》去。

我忘了说,豆子是一只喜欢读书的狗,虽然它比较挑剔,只读漫画,对北欧的暗黑题材尤其感兴趣,在下雨天也不反对阅读类似《兔子这一家》这种中西方文化冲突的故事。让我欣慰的是,它像很多读书人,喜欢歪着脑袋思考问题,在思考问题时对狗粮不闻不问,这些习惯比我强。

我坐在豆子的坟头,身下是一片绿得惊心的青草。我猜,那些青草可能也在思考,比如,它们在想,是否要钻进我的身体中,在那里生长开去。我舔一下手指,翻开《黑塔利亚》第一页，把书放在豆子的坟头，隔一会儿，翻动一页，隔一会儿，再翻动一页，在梗太密的地方，我会停下来，把翻书这件事交给风去做，这样，豆子就能顺利地读完这本书了。

阳光没有和我打招呼，我也没有造次地和它交谈。我在想十三年前那个下雨天，在喝过一杯热茶以后，我返回街上，踩着满地滚动的雨点去了地铁站，对豆子说的那句话。地铁站有四个进出口，没有先知的预示，我和豆子在任何一个地方都有可能擦肩而过，我俩，以及人们，我们不知道在哪里拐弯，才能离开原来的地方，在未知处相遇和失去。这些事情，我和豆子没有谈过，甚至没有谈过我俩到底是谁，比如，豆子不是豆子，我才是豆子，正坐在坟头翻动书页的不是我，埋在地下的那一位才是。

哦，还有，豆子那个时候不叫豆子，它没有告诉我，在此之前它叫什么，曾经住在哪只豆荚里，这些事情它都没有提及。说起来有点奇怪，它离开后，我是说，它离开豆荚以后，空掉的果皮怎么办，会不会不知所措，会不会想，豆子呢，豆子去哪儿了？

不过，现在想起来，这些事情好像都无所谓了。

2019年5月12日
于深圳听云轩

像一块即将
消失的陨石

我是鱼鹰天丙，我的学名叫鹗，隼形目鹗科鹗属唯一的鸟类。我出生在北回归线以南，东经113°46′至114°37′，北纬22°24′至22°52′的海湾中，这儿是东亚——澳大利西亚迁徙带上最重要的栖息地，是我的家园，我在我的家园向各位问好。

嗯，怎么说呢？作为鸟类中的大个头，我有一双锐利的眼睛，头颅两侧各有一道威风凛凛的黑色羽带，上身武士褐，下身绅士白，如果不是一条腿瘸着，可以说相当英俊。腿怎么瘸的？鸟夹伤的。你见过冰冷恶毒的鸟夹？我猜你没有。要我说，你最好离它们远点儿，没事翻翻那些到处安装鸟夹的人祖先写的书，那些可敬的古老人类，他们对我非常敬重，创造了很多和我有关的词。比如？男欢女爱你喜欢吧？他们有首歌谣，说小伙儿和姑娘在河边遇见了，那个喜欢啊，一颗心扑通扑通直跳，摇晃着身子羞答答唱啊唱啊，关关雎鸠，关关雎鸠，知道那是什么？是在学我的鸣叫声。

我怎么知道这些事情？我当然知道，考告诉我的。考是我的一位祖先，我出生不久它就出现了。不过我看不见它，但只要愿意，它就能"来到"我身边。我不知道考和我隔着多少个迁徙季，关于这个，考讳莫如深，总之这是个谜。有时候，我站在巢穴旁的枝头上，盯着海湾苦思冥想，我猜我和考隔着几万到几十万个迁徙季，这让我对考五体投地。

一个暴风雨的日子，考把我带去了一个地方。考说，天丙，跟我来，我带你去见见它们。我问，它们是谁？我说，我看不见你，考，你在哪儿？考说，你不用看我，你在心里想，考在那儿，我就在了。这个游戏我喜欢，可是，海面上这会儿风雨大作，连胆大的海鸥和雨燕都躲到山崖下面去了，这种鬼天气根本不是用来飞行的，它会要了我的命。考生气了，它觉得我是糟糕的天丙。天丙，你是胆小鬼！考在我耳边喊道。我很生气，它怎么想的？

就这样，我被考连煽动带威胁赶进恶劣的天气中。考带着我向风雨交加的海上飞去。我从没有过这样的经历，我被狂风暴雨打得几乎睁不开眼睛，喘不过气来，好几次差点坠落海中。然后，我看见了它们。

它们是我的同类，但我发誓从来没有见过它们。它们一个个像神秘的灵魂，披着一道银色光环，样子十分奇特，特别符合谁都躲着的坏天气。考贴在我的耳旁，在呼啸的风雨中大声向我介绍：披着一身灰色细羽的那个大家伙，它是恐鸟；有一个家伙比它个头更大，全身覆盖着神奇的蓝绿紫三色羽毛，它叫巨水鸟；那个漂亮活泼的小家伙，像穿着蓝衣白裙的仙子，它叫紫水鸟；有个神气的家伙我认识，是鸽子，但比别的鸽子健壮，考说我不可能见过它，它是了不起的旅鸽；我留意到，在它们当中有个挺可笑的小家伙，脑袋上顶着酋长冠羽,考告诉我,它叫胡兀鹫……

那次风雨中的经历真棒,现在让我来说说它教会了我什么。我最早的祖先不是考,是脑袋上顶着艳丽头冠的羽齿龙,它有大量的天敌。为了逃避危险,它长出了翅膀,变成始祖鸟,然后拼命地生孩子。孩子长大后,有的继续在森林中生活,有的钻进溪流和大海,有的飞上天空,考就是飞上天空这一支,它变成了涉禽。你瞧,事情就这么奇妙,我觉得我的祖先挺酷的。我很依赖考,每当我遇到麻烦的时候,比如我害怕了,愤怒了,或者感到孤独,考就会出现,和我说些什么。我觉得考很贴心,它是我的祖先,对吧?

我的巢穴?它在海湾北岸潮间带原生树林中一棵高大的银叶树上。白天我不待在巢穴中,我会去各处转转,做点什么。要知道,我有很多重要的事情。我每天都会飞去海湾上空,迎着舒朗的风悬停在那里,从高处观察海面。作为视力超级棒的鹗,我能准确判断水面下的猎物,从高空滑翔到几十米的低空,在那里垂直扎下,捕食肥美的鲻鱼和海鲈。要是捕猎到大家伙,我会得意地用爪子锁紧猎物,抖落掉羽毛上的水珠,在空中兜着圈子炫耀猎物。有些狡猾的猎物能从水面的阴影判断出来自空中的危险,潜入深处躲避。那没用。我会猛地扎进水中,跟随它们潜入水下,抓住它们带到岸上,用尖利的嘴撕开它们的身体,从容地品尝美味。在海湾中，谁都知道我是这方面的能手。我曾经一次捕到两条想要和我斗法的鲻鱼，那是一桩十分惬意的事情。

还记得第一次猎食的情景，那会儿我刚学会飞不久，摇晃着站在树梢上张望滩涂上的目标，扑打着翅膀朝它们扑去。那些蛙、鼠、蛇和蜥蜴，它们十分灵敏，没等我靠近，哧溜一下就没了影。我只能飞去海上，可那儿的情况也好不了多少。我手忙脚乱地在海面上扑腾，忙活了一个上午，连只搞怪的长尾虾仔都没捕住，还遭到几只黑嘴鸥的嘲笑。它们让我回窝里去乖乖地待着，等妈妈给我喂食，这让我十分沮丧。

就在那个时候，我看见一群白海豚，它们在我身下围猎一群胖乎乎的短嘴银鲳，银鲳们被撵得无处可逃，纷纷跳出海面。我朝它们飞去，心里犯嘀咕，要是我趁乱抓两条小鱼充饥，那些神气的家伙不会嘲笑我吧？我飞到白海豚头顶，它们当中有一个小家伙，看上去刚出生不久，它对同样幼小的我发生了兴趣，一直追着我的飞行线路游动，好几次从水里跃起来，冲我乱瞪它黑亮的小眼睛，哧哧地喷气。它那个雄心勃勃的样子把我逗得哈哈大笑，结果忘记了掌握气流，一个跟头栽进了海里。

那个小家伙是呴呴，后来我们成了好朋友。

现在？我已经是青年天丙了，你在海湾里打听打听，就知道我天丙的厉害了。

要说，猎食不是我最喜欢做的事情。我最喜欢做的，是在天气晴朗的时候展开双翼，飞去海湾上，贴着海面的涌浪滑行。阳光暖暖地照在我身上，我双翅上的羽毛泛着骄傲的紫色光泽，人们很远都能看见那两道光泽。

有时候，风雨天气我也会飞去海湾。自从考在那个暴风雨中带我去了海上，我时常想念那些生活在另一个天地里的同类。没有谁会在风雨中出现在海湾里，那里只有我，以及可能随时出现的它们。我用力展开双翼，穿过风雨，什么也不为，什么也不为，只是在大海上滑行，滑行。

我在海湾有不少同类，要知道，海湾里生活着368种鸟类，它们有几十万只。后来，大量人类来到海湾，他们的数量很快超过我们，我们的数量严重下降，幸存者大多逃到海湾东南部的米埔原生森林和南部青山谷地去了，那里没有人烟，适合鸟类居住。

我和逃亡的同类不同，我不打算离开北部海岸。有时候，我会在海上遇到逃去南岸的同伴，它们冲我喊，嘿，那家伙，干吗不和我们待在一块，你这个傻瓜！我从不理睬它们的嘲笑。有几次，我还和它们打了架，这样我更不愿意离开北岸了。

从上个迁徙季开始，我的生活发生了重大变化。整个秋天和冬天，我每天都要飞去海湾上空，不猎食，不滑行，而是迎风悬停在高空，监视海面。考从那个时候开始不再出现，这很奇怪，之前它从不这样，我不知道这意味着什么。昨晚我梦见考了，它在追逐一道青白色的狡猾的闪电，什么话也没对我说。我叫它，我说考，你去哪儿？它没有理我，紧叼着闪电的尾巴，很快消失掉。

今天很早我就醒了。和我一样，住在海湾北岸的其他伙伴夜里全都没睡好。这能怪谁？我们离人类太近，他们嚣张的生活和夜晚的灯光让我们神经兮兮，那种滋味很难受，这个你明白吗？

天亮了，太阳还在海湾对面悠闲地攀爬高高的青山，没有露出面庞。我静静地趴在窝里，探头朝巢穴外看。我看见海岸边高大的树林中，褐翅鸦鹃嘀呐一家正和坏脾气的白肩海雕扯丝在吵架，它们吵得很凶。扯丝是我的老冤家，我俩互相不买账。我一点也不怕它，可那些红翅膀的小东西可得小心了，扯丝那家伙不好惹，如果早上没有找到啮齿类哺乳动物充饥，它会抓住任何能看见的东西，哪怕一只坚硬的砗蚝，或者一截刺桐根填塞它的胃肠。

海湾的清晨是恬静的，从高处往下看，一大群尖嘴脊塘鳢懒懒地趴在滩涂上睡觉，要是没人打扰，它们能保持那个姿势睡上 10 天。还有大眼睛的弹涂鱼，涨潮的时候，它们会在巨大的鳃腔里储存大量水分，然后挥动有力的前鳍，从秋茄树和木榄树根下舒服的洞穴里爬出来，高高跃起，吸附在树枝上，张头张脑偷窥树林中忙活着的其他动物。别看那些家伙模样儿可笑，它们是求偶的高手，小伙儿们个个能跳优美的求偶舞，一边跳一边往自己洞穴退，像是跳邀请舞，一旦姑娘五迷三道跟进洞穴，它们会快速挪动早已准备好的泥球堵死洞口，你就想想洞里会发生什么好事吧。

说到恋爱，没有比招潮蟹男孩更倒霉的，那些可怜的小家伙不断转动着潜望镜似的眼睛，挥舞着一大一小两只螯，向每个路过的女孩招手，央求它们和自己约会。你肯定听说过招潮蟹姑娘对男友的挑剔劲，它们心高气傲，差不多得挑选上百次，才会最终决定和谁好。遇到这死心眼的姑娘，可怜的男孩子没着落了，它们只能挤在滩涂上，像孤独的提琴师，对着潮水悲伤地摇晃着螯肢哭泣。对了，它们的确有个名字：提琴手蟹。

唉，我不该说提琴手蟹的糗事，我比它们好不了多少。

我有一位伴侣，不，曾经有过。它叫妠，是个美人儿，胸前有片赤褐色的纵羽，迷倒过多少色欲攻心的家伙。考有一次告诉我，人类使用过妠这个名字。我大惊失色，这怎么可能，他们居然敢偷走妠的名字！考哈哈大笑说，小子，他们没偷妠的名字，那是他们第一个和水有关的姓氏。我气呼呼说，瞧，要这样，妠跟他们祖先一样，他们干吗还要偷走我和奴的孩子？奴喜欢生孩子，我们一共有过3窝孩子，就像我说的，第一窝还没有孵出壳就被人类偷走了，他们伤透了奴和我的心。我希望考告诉我出了什么事，他们为什么要偷走我的孩子？考说了一句我没听懂的话，它说，天丙，活下来不容易，是海洋和湿地庇护了你。我不明白考想告诉我什么，那会儿我整个心思都在孩子身上。后来我和奴，我们又生了两窝孩子，5个漂亮的小家伙！在80个漫长的日出日落中，我警惕地守护着它们，一刻也不敢分心，我不会再让它们被谁偷走了。哈，你根本想不到我有多快乐，我的孩子，它们啄破红褐色斑点的蛋壳，挣着湿漉漉的漂亮脑袋钻出来，摇晃地扑腾着，急匆匆离开我用树枝和羽毛为它们精心搭建的舒适巢窠，想要飞到海上去。你猜怎么着？它们直接摔到地面上，趴在那儿喳喳乱叫了。我忙碌着飞上飞下，把它们一个个捡起来。我朝它们喊，嘿，小家伙，你们的翅膀还没干透呢，我可不想你们全都摔死！

以后发生了什么？奴带着它们去了对海那边的米埔森林，和一个大个头的家伙生活在一起。我希望你知道，那不怪奴，它太害怕了，担心失去我们的孩子。我在海湾里遇到过它们，奴和我们的孩子。奴装作没看见我，它更迷人了，胸前赤褐色的纵羽刺得我眼睛发疼。它找到了属于它的生活，现在它想生多少就能生多少，没人再偷走它的孩子了。那5个小家伙，它们也长大了，有了自己的配偶和宝贝，看上去它们全都很快乐。

喂，天丙，干吗不和我们在一起？它们朝我喊。

我能说什么？我不能告诉它们我有多难过，姒和它们离开之后，那个冬天我一直在哭泣，可我什么也没说。它们很开心，我觉得这比什么都好。

我的第二位伴侣叫单，它性格活泼，有一只让人神魂颠倒的红嘴，大家都说它是海湾里最漂亮的鹗，我们有过开心到快要晕死的日子。后来？单跟着一只候鸟鹗去了北方。那段时间它不再快乐，显得很焦虑。它朝那些鹗喊，等等，等等，带上我！那群和我一个模样的家伙，它们风流倜傥，比我自由，想去哪儿就去哪儿。它们从台湾飞来，在海湾折腾了一段日子，然后带走了我的至爱。

我第三位伴侣……不，没有了。我只有过两个伴侣。谁都会选择好邻居，大家都在逃离海湾北岸，而我却固执地留在这儿。为什么我不离开，去米埔和元朗谷地，或者更远？我问过自己，可我回答不出来。

太阳从海湾对岸的青山顶升起来，那老兄挣着一张新鲜的脸蛋快活地冲我喊，嘿，天丙，你好啊！我懒洋洋地看了它一眼，没有回答它。我心情不怎么好，它能看出来。

潮水正在退去，逐渐露出大片滩涂。我注意到，邻居们开始觅食了。数量最多的是勺嘴鹬，它们挺着白色的大肚子，晃悠着后颈上栗红色辫子，用夸张的扁嘴在海水里胡乱扫动，吞食水藻和螺蛳。后脑勺上梳着同样漂亮辫子的小白鹭就比勺嘴鹬聪明得多，它们迈动轻盈的黄色细腿，在浅水中飞快地跑来跑去，追逐食物。最搞怪的要数翘嘴巴的青脚鹬，它们在滩涂上来回奔跑，显得慌里慌张，真是沉不住气的家伙。琵嘴鸭就老练多了，黑背白腹的它们离开滩涂，在红树林外的水面上划动扁嘴大吃洄游虾，独享美味。稍远处，一些缩着脖子的大白鹭正沿着海面朝这边飞来，它们从高处超越一队有着巨大囊袋，缓慢在海面滑行的卷羽鹈鹕，你可别小瞧这些行动缓慢的伙计，等它们一到你就会知道，什么叫真正的猎食大军。

看着邻居们进食的忙活样，我还真有点饿了。这不是什么难事。我身下是红树林，一个贮藏着丰富佳肴的大厨房，那里的树干上攀附着打着瞌睡的树蛙、牡蛎、藤壶和黑荞麦蛤，树叶上黏着傻呆呆吮吸露水的肥美蜗牛、玉螺、滨螺和蟹守螺，它们是开胃的餐前点心。林间浅水中有更多的美味——莹虾、毛虾和磷虾，筛目贝、栉孔扇贝和糙鸟蛤，马蹄螺、凤螺和粒核果螺，如果觉得不够，水下底泥中还有文蛤、泥蚶、西施舌和红树蚬。我还可以去滩涂上，那儿是海蟹的天下，长着关公脸的关公蟹，长着和尚头的和尚蟹，手脚凌乱的梭子蟹，胸甲发达的褶痕相手蟹，它们脾气可大了，从早到晚都在滩涂上气呼呼来回穿梭，也不知道谁惹了它们。它们不对我的胃口，通常我不会理它们。正餐？一般我不在红树林中捕食，虽然虾虎鱼、美肩鳂鳂、斑头舌鳎和海鳗会顺着涨潮的海水游进红树林中觅食水蚤和硅藻，我愿意吃多少都行。可是，我不想把巢穴附近弄得一塌糊涂，我会去海上捕食。

太阳正在快速升起，那老兄忙着呢，它打算把伟大的光芒洒遍每个角落。我朝远处看了一眼，乐了。红树林边缘，开满紫色花朵的海刀豆和叶茎娇嫩的阔苞菊中，啄花鸟阿嚏正带着两个刚长出猩红色毛羽的孩子灵巧地飞来飞去，用尖喙捕捉昆虫。

阿嚏是我真正的邻居。说起这事，还有一个故事。开春的时候，我在岸边闲逛，看见一只从米埔那边过来的虎头海雕正在追逐阿嚏，要知道，这可不公平，阿嚏是欧亚大陆个头最小的鸟，它只吃花蜜和昆虫，没惹着谁。我朝那位凶巴巴的老兄喊，嘿，你这家伙，它怎么你了？要不咱俩练练！我觉得我疯了，那位老兄是海湾中个头最大的家伙，我根本不是它的对手。说起来，我还挺羡慕它们配偶之间坚贞的感情，它们从来不始乱终弃，我真没想和它练。好在那只虎头海雕器量大，它不屑地朝我看了两眼，放开阿嚏飞走了，而我却被它那两眼看得沮丧得要命，一整天都不好受。

结果你知道发生了什么？第二天早上一醒来，我发现阿嚏在我巢穴下忙碌，来来去去叼一些草稃和花序。我乐了，这小家伙知道感恩，可我和它没长同样的胃，我不沾素。我把脑袋探出窝说，嘿，阿嚏，干吗不捉条大个的旗鱼来孝敬我？说完我哈哈大笑，笑得喘不过气。阿嚏的个头还没一只长尾虾大，别说大个头的旗鱼，一条虾它都叼不起来。阿嚏怯怯地停下来，仰头抱怨地看我一眼，没有理我，仍然忙碌着。我饶有趣味地看它玩什么游戏，你猜怎么着？接着它收罗来一些蜘蛛网，用唾沫打湿蛛丝，把草稃和花序一点点粘起来。我觉得事情有点不对，大声问，阿嚏，你在干吗？我可不和你玩绣球。阿嚏还是不理我，它好像打定主意不和我说话。我很快看出来了，阿嚏把那些草稃和花序粘成了一个小小的窝，悬挂在我巢穴下面。我明白了，阿嚏是要和我做邻居。这让我又好气又好笑，哪有啄花鸟和鱼鹰做邻居的？

几天之后，阿嚏带来一只羽毛鲜艳的啄花鸟，打眼一看，就知道它俩情投意合，是那种关系。阿嚏和之前一样，还是不和我说话，也不让女友和我说话，只要我探头去看它俩，阿嚏就连忙紧张地把女友藏在小小的翅膀下，好像不想让我知道它有个窈窕美人儿。我知道阿嚏为什么那样。我偶尔会脑子发晕，捕食其他鸟类，那些红嘴鸥、琵嘴鸭、鹡鸰和白胸苦恶鸟,它们都躲着我,让我十分沮丧。其实它们完全不必这样,我的食谱非常丰富,海湾里的鱼虾足够我享用,树林中还有吃不完的陆地蛙、老鼠和蜥蜴,我根本不用看它们,可这怪谁?都是我自己闹的。

很快,阿嚏有了两个孩子。我想告诉阿嚏,我不介意它有温存的伴侣,它俩完全可以把可爱孩子带到我的巢穴来,我会送小家伙们肥美的石斑鱼……不,它们不吃这个,我可以送它们榄钱果……这个也不行,榄钱果对它们来说个头太大,我觉得还是让阿嚏照顾它们吧。我主要是想告诉阿嚏,我也有过孩子,比它多3个,可我不知道该怎么向阿嚏开口。我们就这样成了一言不搭的邻居。

阿嚏虽然不和我说话,但它非常勤劳,每天都带两个孩子在灌木丛中学习觅食,它是个称职的爸爸。我爸爸?被人捉走了。

那些和儒艮长得差不多的人类,他们不会飞翔,不会使用羽毛,没有方向感和耐力,视力和消化能力差,行动速度慢,声音乏味,可他们贪恋海里的食物,缺了盐就活不了;他们会一点点游泳和潜水,因为肺部脆弱,皮肤不能长期浸泡在海水里,所以一直在训练鸬鹚为他们捕鱼,现在,他们捉到了真正的鱼鹰。

我找遍整个海湾,终于找到了爸爸。我去看过它,在夜里。那些人的心是石头长的，他们剪去了爸爸的翅膀，用一条细铁链绑住它的腿，拴在屋外的竹架上，用饥饿熬它，然后用槁草勒住它的脖颈，把它赶下水去捕捉鲢鱼。爸爸被他们折磨得十分憔悴，它对我说，孩子，人很优秀，可他们管不住自己，你要原谅他们。我试图把拴住爸爸的铁链啄断，用尽了办法，却没能做到。要知道，爸爸是海湾的骄傲，它不是那些打小被饲养出来的鸬鹚，它不吃不喝，也不为人捉鱼，就这样，最后活活把自己饿死了。

太阳转过树干阴面，向中天升去，时间到了。我站起来，离开巢穴，跳上枝头，振翅滑到一片银树叶上方。一条蓝光闪闪的宝刀鱼在浅水中露出颀长的脊背，这让我空空的胃里咕噜了两下。但我没有逗留，在宝刀鱼上方用力拍打了几下翅膀，擦着觅食的同类升上空中，向海上飞去。在我身后，银叶树红色的花瓣大片坠落下来。

我之前说过，整个秋天和冬天，我每天都要飞去海湾上空，不捕食，不滑行，而是迎风悬停在高空，监视海面。我看着我原生的家园。知道什么叫原生？天生的，符合自然的，没有经过任何外力改变的，就像我，就像这片海湾。人类不是，他们从别的地方来，可他们不断在海湾折腾，填海造陆地，在海底铺设电缆，在海上建造大桥，在海边建港口、盖大厦、修建道路、开辟公园，折腾了几十年，一刻也不肯停下来；大片的红树林被砍伐掉，丰饶的潮间带消失了，湿地面积越来越小，海湾被糟蹋得不像样子，可是，他们变得越来越贪婪。

我飞到了海湾上空。我的目标是停泊在邮轮港口的那艘勘探船上，这会儿它正在驶出港口。我知道它要干什么。人类打算在海湾中开挖一条新的航道，在海湾北岸建造两座码头，把观光客带到我和我同类的居住地来。几十年来，他们占据了大半个海湾，把每一片海域、每一寸土地都据为己有，我和同类委屈地生活在北岸一角。我们的保留地已经很小很小了，小到我们和他们差不多脸凑着脸了，他们还嫌不够，不打算把最后一小块原生林和滩涂留给我们，现在他们要来看我们，带着他们的儿女、父母和伴侣，脸凑着脸看，冲着我们滴着海水的翅膀大声尖叫，快瞧呀，瞧它们的翅膀，瞧它们的羽毛！这会让他们开心，让他们觉得生活无限美好，现在他们正在这么做，把我的家园彻底毁掉。

我盯着那艘相貌怪异的勘探船，现在你知道它是谁了，一个钢铁制造的窥探者，负责采集如何和我们鸟类脸凑脸的数据。它在海上行驶的时候，我不会打扰它，哪怕它将毫不在意我和我的同类的存在。在它进入海湾北部后，我会跟上它，如果它穿过海湾大桥，接近我的家，我就会从空中俯冲下去，从它的驾驶舱和工作平台上掠过，警告它。我会做出一套奇怪的动作，剧烈地晃动翅膀，让自己的飞行姿势摇摆不定，不断地往下坠落，在接近勘探船甲板之前拉起来，同时发出"切利——切利——"的尖锐叫声，这本来是我在遇到比自己厉害的家伙袭击时使用的，为了分散天敌的注意力，把它们引开。

我知道这么做没有用，我无法把它引开。考警告过我，除了人类自己，没有谁是他们的对手，考让我尽量离他们远一点。我觉得考该出现了，最近它一直沉寂着，它想告诉我什么？我知道我那样做一点用也没有。

可我才不管那么多，我向勘探船冲过去，船上的那些人从下面仰头看我。他们穿着洁净的工装，好几个人把手中的烟头弹进海里。看得出来，他们不希望我出现在他们面前，我有勇士般高贵的头颅，白色战袍般的覆羽，展开的狭长翼翅像一对凛然的盾牌，胸前被风吹乍开的飞羽像勇士的护心镜，他们讨厌这样的我，他们希望谁也别来打扰他们。

我继续尖锐地叫喊着，叫喊着，从他们头顶掠过。听见我的报警，在海上追逐浪头的夜鹭、苍鹭和池鹭纷纷惊慌失措地飞向高空，凤头潜鸭则扑打着翅膀离开水面，向岸上逃遁。我紧接着掠过船头，有个在船头和同事调情的家伙差点没把手中的采集器掉进海里。我从海面上拉起，升向空中。我大声叫喊着，给自己鼓劲，直到升上高空再转身,再度向勘探船扑去。

考还是没有出现。我想象考这个时候来到我身边。我希望它别沉默,别劝我离开海面。我希望它和我一起向勘探船俯冲下去,它在我耳边大声喊,天丙,别让他们夺走你的家园!我知道考会这么说。考它知道我在做什么,我不是为我自己,我是为了小另。

我说了,我在湾区朋友很少,响响算一个,可它去年失踪了,它的妈妈到处找它,可它不见了。小另是我另一位朋友,最好的朋友。它是一个候鸟家庭的孩子,一只既美丽又神气的黑脸琵鹭。

我第一次见到小另时,它刚出生不久,和家人一起飞来海湾。你要知道,它们非常好辨认,全身披着雪白色羽毛,黑色的面庞和琵琶状长嘴,身体颀长,举手投足姿态优雅;它们性格温和,生性淡泊而警惕,平时只和鹭类聚群,族群间却十分友爱,从不自相缠斗,反而经常亲昵爱抚。最奇异的是,它们交尾时,会彼此长颈交缠,嘴喙咬合,亲昵无比;交尾结束,雄鹭会直接从雌鹭身上腾身而起飞向空中,在天空中慢慢拍打着翅膀,为雌鹭跳一段美妙的舞蹈。只要它们一出现,整个海湾的鸟类都会停止飞翔,站在树上、岸边、水中,屏住呼吸看它们。

那天我在滩涂上玩,一大一小两只黑脸琵鹭从远处飞来,大的脚上带着一只沉重的铁质鸟夹,飞行得十分艰难，小的那只惊慌失措，围绕大的飞来扑去。我发现了它们，看样子它们是一对母子，我知道它们遇到了什么，我说过我的一只脚是怎么瘸的。我非常痛恨那次经历，自从脚受伤以后，我就到处寻找那些该死的鸟夹，想办法毁掉它们。海湾里有不少伙计遭到过它们的暗算，有的伙计因此成了独腿，可它们都不愿意接近我。不愿意就不愿意，我才不要管那么多，要是它们全都来找我帮忙，我真的忙不过来。

可那一次，不知怎么啦，我居然管起了闲事。我从岸边飞出去，在海面上拦住琵鹭母子。我大声对它们说，嘿，我能帮助你们，我知道怎么对付它！我担心它们不相信我，于是解释说，你们瞧我的脚，瞧见了？是我自己弄掉的！

我把它俩带到岸边，为琵鹭妈妈卸腿上的鸟夹。我费了很大的劲，撬劈了一块尖喙，到底把鸟夹卸了下来。可是，我真没用，琵鹭妈妈受伤过重，它还是死了。

考曾对我说过，100年前，海湾是黑脸琵鹭的乐园，它们成片成片，不知道有多少。它们在滩涂上觅食嬉戏，太阳当顶后，飞去红树林中栖息，它们伸长美丽的脖颈，拖着长长的细腿从容地在海面和陆地上飞行，整个天空都会为它们的优美姿势让路。

考亲眼看到了那个场面，它声音颤抖地对我说，知道吗，天丙，那就是家园的样子！它告诉我，黑脸琵鹭和我们鱼鹰一样，在1亿年前变成了涉禽，可它们比我们脆弱，30年前，它们剩下不到300只，全地球的动物和植物都在为它们祈祷。那是什么情况？我闭上眼睛想象那个场面：天空被霾笼罩着，因为看不清，变成了灰蒙蒙的冰块，地球上很多地方都不适合小另家人生活，它们到处逃亡，非常孤独和害怕。可是，大家都在为它们加油，对它们喊，伙计，别放弃！那当中有和它们一样，没剩下多少的伙伴——聪明而温驯的白犀牛，胆子很小不敢见人的红狼，被人们叫作古猫的华南虎，还有美丽的雪莲、荷叶铁线蕨和鸽子树。小另的家人很了不起，它们艰难地飞越过脏兮兮的天空，飞过稠如泥浆的水域，整整飞了20年，终于闯过了灭绝的危险，有了4000只伙伴！它们每年秋天飞来海湾，第二年春天再飞走，这样，它们当中的新生命小另，就有半年时间和我待在一起，我们可以尽情地玩耍了。

那些人，他们疯了，他们的祖先在这儿生活了6700年，可没做什么糟糕的事，他们来了才多久？才40年，他们在海湾四周填了挖，挖了填，把湿地中的树林砍掉，在水网地带填满水泥，大片大片的滩涂不见了，浅海的底栖生物快要死绝了，鱼卵和仔稚鱼少得不能再少，滩涂上的莲叶桐、红榄李和水芫花绝种了，生活在红树林中的水獭、穿山甲、果子狸、豹猫早已不见踪迹，一些种群稀少的鸟类不见了踪影，更多的鸟类正在迁离海湾，逃去别处。

我知道我不能阻止人，我什么也做不了，他们力量太大，我早就应该离开这里。可是，眼看秋天就要到来了，小另和它的家人正在来这儿的路上，如果我不拦住那艘勘探船，小另和家人，还有其他鸟类，它们就得远远躲开海湾，去寻找新的迁徙路线和中转地——你应该知道，北半球的雨林正在快速消失，那是一场新的噩梦，如果那样，小另和家人就再也找不到栖身之处，我将失去最后一位朋友。

我用力拍打着翅膀，从海面上拉起来，擦着勘探船升上空中。我不会和勘探船吵架，那不是它的错，它不像我，它是人造的，不听人的话人就会杀死它，我们存在的时间比人长，不能像人那样不讲道理。船尾搅起的浪花打湿了我的羽翅，我能嗅到海水中的油腥味。我朝高空升去，边飞边扭头四下看，想看到考它在哪儿。它应该出现，可它没有。

我用力拍打着翅膀，向高空升去。我很难过。我在心里对自己说，不，天丙，别哭，别在海湾流泪，海湾对我很好，它是我和我同类的家园，它只是保护不了我们。我越飞越高，风将我脑后的针状羽紧紧抿贴在脖颈上，我的翅膀拍打到一缕云朵，将它击碎，细微的水汽推出很远。我看见远处的外海，我不知道那里有没有，有多少可供小另和家人栖息的迁徙带停留地,如果有,它们会不会很快驶来别的勘探船。

好了,现在我已经飞得足够高了,我悬停在高空凌厉的劲风中,看身下那艘勘探船,它就像一粒鸟屎那么大,阿嚏的屎,啄花鸟的屎,而船上的那些人,他们根本不存在。我最后一次想到考,从我出生到现在,每当我孤独的时候,害怕的时候,考它都会出现在我身边,告诉我应该怎么做。可这一次,它没有出现,它抛弃了我,而我不能再回头,勘探船快要接近北岸了,我没有时间了。

我让自己长久地悬停在空中,集中全部精力想,我是谁?我是谁?我是唯一存活下来的恐龙,是从陆地飞上天空的始祖鸟,比其他地球生命更在意自由,我是这样的天丙!我那么想着,感到双翅开始疼痛,疼痛感越来越剧烈。我的羽毛开始发生变化,发出毕剥的响声,快速变成紧凑的鳞片。我狠狠地啄了一下鳞化的翅膀,想缓解剧烈的疼痛,却发现我的尖喙也开始变化,那里长出了尖锐的牙齿。这不是一种舒服的体验,但我没有别的选择了。

我朝东南边的米埔森林看了一眼。我希望我的孩子们知道我在做什么,希望我的同类知道我在做什么。我艰难地收束起鳞化的翅膀,尖锐地发出鸣叫声,头朝下,向海面上那个奇怪的钢铁家伙俯冲而去。

我的速度非常快,那样我就像一块即将消失的陨石。

我,鱼鹰天丙,此刻我在北回归线以南,东经113°46′至114°37′,北纬22°24′至22°52′之间对开海域的海湾中,我向你们发誓,只要活着,我就会在海湾上空飞翔……

2020 年 4 月 30 日

于深圳听山轩

骨头城堡

大感染高峰到来前几天，阿料丢下阿辉，离开"双记金牌猪脚饭店"去了香港。新上任的特首宣布香港重新融入世界，人们将努力恢复正常生活，阿料生于立春，命中笃定了生芽的日子，他在生日将至时跨过深圳河去寻找希望生活，他的心不会碎了。

阿辉和阿料是揭阳高级技工学校烹调专业同学。阿料是学习尖子，在学校时就是"粤港烧腊论坛"达人，多少有些骄傲，他那与矮小的个子完全不匹配的坚定目光中总是透出智慧的光泽。阿辉省事晚，人长得长胳膊长腿，上学时迷街舞又迷抖音，迷着迷着学业摆尾了。毕业后，阿料找家里拿钱到深圳创业，阿辉家里不给钱，他以"看在同乡加同学之谊"和"每天给阿料跳舞"的理由缠着阿料，俩人在深圳开了家"双记金牌猪脚饭店"。阿料猪脚卤得又糯又嫩，自创了秘制辣酱，自然做主厨。阿辉帮阿料打下手，做些备菜出餐外卖打包的活，另外去农批市场进香料时，他会在打完秤之后从香料袋子里顺手饶上一把，事情并不比阿料少干。如今阿料好了，他能随便挑选中环的胜香园、深水埗的爱文生和大坑的炳记施展骄人手艺。还有其他人。很多人。他们都离开了，去别的地方发芽。阿辉手上没有攒下闯关的活计，完蛋了。

阿料走的时候一句话也没和阿辉说，出门时紧盯着行李箱下憋足劲去远方的万向轮，好像那是他的命运，而阿辉的命运不在可以无限调节的轮子上。这不能全怪阿料,他在的时候他俩整天吵架,有两次还动了手。阿料把阿辉摁在灶台上,煤气火舌在阿辉鼻尖前三寸呼呼舔着。阿辉挥舞比煤气火更愤怒的剁骨刀,把阿料新买的仔裤划破了。阿料惊恐地松开手,退后几步,不理解地看阿辉,那以后他俩再没说过话。

阿料走的那天,招财也消失了,以后再也没有出现。

招财是一只贱兮兮的三花流浪猫,"双记"刚开店时它就来了,不知道之前它在哪方江湖混。它是经验丰富的老食客,对猪脚的"蹄尾"和"头圈"部位表示强烈的不屑。"双记"开店三年,疫情管控,半数时间不能营业,生意惨淡,阿辉挑东拣西在寂寥的卤汤锅里翻半天,捞一点边角余料丢给招财。招财满脸狐疑地看阿辉,眼神里是那种"有冇搞错"的质疑。阿辉骂招财挑食佬,阿料就骂阿辉不敬待招财。阿料会认真切几片最好部位的"回轮"和"四点"给招财,说招财正是感情充沛年龄,一年养三四胎,不能怠慢它。店是阿料出资开的,阿料要泼洒,阿辉管不了,问题是,阿辉对流浪的家伙有抵触,一听到"流浪"两个字就想起自己的少年时代,不舒服。阿料批评阿辉,说阿辉你要有同理心,知道自己在什么地方,深圳是移民城,谁不是流浪?他还骄傲地说,人们正在创造全新时代,已经创造了一半，就剩另一半了。阿辉不高兴阿料说那样的话，人长着两条腿，世世代代走来走去，从没停止过这里到那里，一直在流浪咯，那创造又有什么意思？全新时代又有什么区别？

阿料走了，没有了阿料的店里一片死寂。阿辉决定忘掉阿料，赌气把店名改了，"双记金牌猪脚饭店"改成"辉记猪脚饭店"。没错，开店阿辉一分钱没出，改店名他脸上发烧，可他就是讨厌流浪。只是，光改店名不行，店要经营下去，还得卤出一锅香糯弹牙的猪脚。阿辉苦思冥想，阿料怎么选材，怎么配料，怎么把握流程，想来想去，满脑袋都是阿料，一只像样的猪肘也没卤成，这让他很苦恼。

没轮到阿辉想明白怎么才能把店撑下去，他就感染了奥密克戎病毒，"刀片嗓""水泥鼻""电锯胸"一起上，就差阿鼻地狱CEO带冥界大小员工来拖他去过十六大酷刑。阿辉觉得自己受到惩罚，很难过，有点自暴自弃，也不去挤社区诊所，心想，有本事来个白肺好了。烧得最糊涂那天夜里，他脑子里闪过一个熟悉的身影，王者似的盯着迷糊中的他，他不确定那身影是不是招财，如果是，意味着什么。阿辉觉得脑子被三年发生的事情纠缠成了一团乱麻，得捋捋直，不然生活没法继续，也就是这个时候，他决定找回神秘的江湖大佬招财。

在床上躺了七八天，阿辉熬了过来。等吱吱呀呀下床后，吃了碗卤汤泡饭，他出了门，晕头晕脑去找招财。

接下来的几天，阿辉找了好几家流浪猫狗收容站。他最后去的那家收养站在大鹏半岛溪涌原住民村，是几个有信仰的人办的，收留了几百只失主流浪猫狗供人领养。

那是怎样一个让人惊讶的奇迹，古村落被几条晶亮的溪流围绕着，几十栋身份模糊的老民居隐藏在百年树龄的古朴树、白颜树和龙眼树中，生机勃勃的崖爬藤在古树和老宅间牵扯出团团幻觉阴影，一些闪烁着金属光泽的独角仙在阴影中嘤嘤出没。那些流浪猫狗，它们被关在一排排三层高的笼子里，这是唯一的不足，让人想起禁足令中毛骨悚然的封门、上锁和监视器。但也不一定。阿辉有一种错觉，他来的地方是流浪者专用码头，不是吗，古民居后面就是海湾，不断有招潮蟹爬到收养站来好奇地张望一眼，再举着大螯返回滩涂去玩耍，那些关在笼子里的小家伙，其实在等待一艘邮轮驶来，它们排着队上船去周游世界。

招财不在流浪者中，这让阿辉感到失望。很显然，它和阿料是同党，他俩背着阿辉交换了一起离开的暗号。阿辉站在那里，不知下一步该怎么办，就在这时，他看见一只神态高冷的缅因猫，它歪着脑袋看隔壁笼子里一只头搁在两爪上的大豹，然后它站起来，爪子伸过栅栏，轻轻触碰一动不动的孤独的大豹，像是安慰对方。阿辉被这个场面破防了。阿辉想起阿料，阿料离开前痛苦地对他大喊，阿辉，阿辉你知道吗，我心都碎了！阿辉当然知道，阿料他不能留在家家户户落锁封门的地方，留在这也不许那也不许的地方，他要创造全新时代，他没法在死寂的空气中为八角、桂皮、草果、茴香、丁香、辣椒、甘草、砂仁、花椒、黄姜、干贝、蚝油和麦芽糖营造出有希望的命运，就是这么回事。阿辉的眼泪一下子出来了。他知道心碎的感觉是什么。他决定在收养站做几天义工，这样他的心里会好受一些。

收养站管事的人是老凌，四十来岁，瘦巴巴的，生着一头海桐木般浓密的头发，看人的时候像是在沉思，好像他把什么东西弄丢了，没法向自己交待。他说一口低吟浅唱的嘉兴普通话，这没什么，深圳能找到说锡伯语和土生葡语的人。听说他之前的职业是插图师，给一些著名的广告公司和出版社画插图和海报，和客户保持着彼此依赖又相互敌视的关系，两个月前来收养站做义工，很快做到管事的位子。

老凌告诉阿辉，他刚阳过，什么症状都没有，像是睡了一觉。他脚步轻快地走在前面，带阿辉熟悉笼舍里那些家伙，年轻十来岁的阿辉要跟上他的步子显得有点吃力。

"来的来，走的走，你不可能记住它们，但它们需要记住你。"老凌说，一只手在栅栏上弹琴似的滑动，好像那是一种打招呼的信号。

在村里一只家犬进入流浪者居留地引起的一片强烈要求自由平等的犬吠声中，他们沿着迷宫似的笼舍，从淘气的狸花、温驯的短毛、乖巧的布偶、顽皮的柯基、威武的罗威纳和聪明的边境牧羊笼舍前走过。看得出，笼子里那些家伙多数亲近老凌，纷纷凑过来向他献殷勤。如果去掉"流浪"两个字，它们是一些讨人喜爱的家伙。也许大部分是吧。但阿辉不那么想，他没法不去想"流浪"两个字，它不是什么好词，对吧？

"如果有人流浪，你就没有家；"老凌好像知道阿辉在想什么，他站下来，回头用那只像是受过伤的眼睛盯着阿辉，一脸严肃地说，"有人关在笼舍里，你就没有自由；有人遭受暴力，你就是受害者；有人失去亲人，你就生活在痛苦里。"

"你说的人，指它们吧？"阿辉没听懂老凌说什么，觉得前面这位大叔一定是个热爱一切的人，这个时代很少见。但也难说，现在大家都忍着，什么也看不出来。

"那些遗弃它们的人，自称阿爸阿妈哥哥姐姐，总不能叫他们猫狗吧？"老凌说。

"为什么要遗弃？"阿辉想到心累、失望、嫌弃、自私和友谊转移，对这类事情，他的态度是绝不原谅。

"瘟热、迷芽瘤、感觉过敏、冠状病毒、血巴尔通氏体、先天性肌肉强直,"老凌说,"还有残疾,死蟹来。"

走到一个圆形水池边,老凌身体、神情和语言突然变柔软了,他凑到一个低矮的笼舍边,贴着笼子"玛雅""玛雅"地叫。那个笼子有点特别,别的笼子都关着几条猫狗,门关着,那个笼子里只有一只幼犬,笼门开着,可见笼子里的幼犬有来头,拥有自由行动的权利。

幼犬本来卧在阳光里闷闷不乐,听见老凌叫就爬起来,摇晃着走到笼外来舔老凌的手。它还小,走路不大稳,急匆匆,歪歪斜斜那种。

"你得认识它,玛雅,我给它取的名儿。哈士奇,学名西伯利亚雪橇犬,人们爱叫它们二哈。"老凌目光和幼犬交流,头也不回地对阿辉说。

阿辉没听明白。他看那只幼犬,它有一双蓝色的杏仁眼,有点天然斜,额头上几条白毛,一双直立的三角耳,毛发浓密。阿辉对狗一窍不通,不明白为什么一只狗会有这么多名字。

"《最后的猎人》看哦?"看出面前站着一个白丁,老凌启发,"电影。"

阿辉愧疚地摇头。店里一般要忙到夜里转点,他和阿料只能在打烊后躺在床上刷刷B站。

"《零下八度》呢?"

这部电影阿辉刷过,和阿料一起,他俩为那些被抛弃的狗一同掬泪。"那八个家伙是傻瓜,换作我,绝不和抛弃自己的人和好。"他愤愤不平地宣布。

"它们原谅人了。"老凌大方地冲阿辉挥了挥手,好像他能代表那八个吃尽苦头的家伙,代表阿辉,"玛雅是它们的亲戚。小囡囡来时乳牙没换光,有人在路边捡到它,在站里待了两个月了。"他介绍完玛雅,转回头去叫小家伙,"玛雅,咯新来的白相白相,打个招呼。"

小家伙无精打采地抬头看了阿辉一眼,眼神里一片漠然。

"玛雅,可不能这样没礼貌,他是咱们一伙的。"老凌批评玛雅。

小家伙不怎么愿意地摇晃着挪到阿辉面前,用凉凉的潮湿鼻子触了触阿辉的手腕。

"髋关节发育不良,长了骨骼关节鼠,后肢有点障碍,先天性的,要手术。伊很有耐心,对伐?"老凌很肯定地说,"长大了会是个能干活的,个来三。"

阿辉下意识摸了摸左腿膝盖。那是一次街头滑跪运作失误留下的惨痛后果,他因此不得不遗憾地离开 Street Dance 潮场。

那天下午,阿辉打扫了几十个笼舍,绕着笼舍圈喷洒消毒液,卸了小半车口粮,给市里赶来的兽医当助手,替二十几只猫狗做绝育术,黄昏时分又送几只有遗传病没人领养的猫狗上车，去某个地点安乐死，忙得满头大汗。老凌一会儿出现一会儿消失，看起来他比其他人更忙碌。有一阵，他情绪紧张地站在杨桃树下和城管部门工作人员通话，请求对方对某件事情通融一下。还有一阵，他蹲在地上一边用树枝胡乱画图，一边在电话里苦口婆心地请求某位客户收养一只流浪猫。阿辉不懂插图，看不出这个瘦巴巴的插图师值得大广告公司和出版社争抢的理由，不过他身上有一种魅力，那种中年人成熟的顽忍。

天黑以后，阿辉准备赶回市里。他去水龙头边洗手，无意间听一位义工说，老凌很晚才结婚，非常爱妻子和女儿。几个月前，老凌三岁的女儿得了肠套叠，小区隔离，不让外出，送治迟了，没救回来。老凌的妻子是一家养老院康复师，怕带病毒入院，在院里封闭工作两个月没回家，听到消息，一时精神崩溃，自杀了。

天已经黑了，阿辉洗完手，鬼使神差地绕道去了水池边，朝那只空旷的笼子里看了一眼。他看见那只幼犬。对了，它的名字叫玛雅，哈士奇，学名西伯利亚雪橇犬，人们喜欢叫它们二哈。它依坐在不太健康的腿上，没有搭理阿辉，而是歪着头看晚归的白鹭和水鸽子穿过夜幕弹丸般落入树丛中，风追上去，在那里激起一片涟漪，也在小家伙的毛发上激起一朵朵绒花，感觉上，它很想去和那些淘气的鸟儿玩，但又做不到。

阿辉在收养站做了几天义工，等回到店里时，他的心情平静了很多。这几天他想明白了，深圳八千家卖猪脚饭的卤菜店，谁都能做出肥肉不腻瘦肉不柴胶质满满的猪肘，口味上却千差万别，阿料在的时候改进了香料配方，没定型，阿辉拿这种事一头雾水，应付不了。还有，这三年不少猪脚饭食客上了密接者大数据，猪脚饭坏了名声，扭转印象谈何容易。阿辉就想，不费这个脑子了，店他开不了改做别的，看不到前景的生活，阿料能一走了之，他怎么就不可以结束掉？

阿辉在计算器上算了几遍，店转让出去要损失好几万，这个只能接受，谁让金主自己不负责。阿辉就开始收拾门店，卤桶中没卖完的猪脚捞起来，倒掉卤汤，卤桶洗干净，大勺剁刀砧板装进卤桶，喷火枪装进纸箱，然后打包碗碟和外卖盒。

阿辉正一脸油腻地干着，一辆脏兮兮的皮卡在店门口停下，车上下来的居然是头发蓬松的老凌，怀里抱着玛雅。玛雅一看见阿辉，就挣脱老凌跳下地朝阿辉跑来，跑得不稳，歪歪扭扭那种，跑近了，在阿辉脚边转了两圈，兴奋地往阿辉腿上贴。

阿辉不适应玛雅画风突变的亲热，但很快知道发生了什么。他在收养站做义工时留下了联系方式，老凌根据地址找上门，来的目的，是建议阿辉领养玛雅。

阿辉笑了笑，又笑了笑，心想，这算什么？生活过得不顺有人就来搞笑?他告诉老凌,他没有领养猫狗的打算,过两天他就会离开,地址要换新主人了。

"大家对玛雅很好,都喜欢它,你也看到了,小囡囡并不开心。"老凌好像没有听见阿辉说什么。

"我要去找工作,居无定所,能不能养活自己都说不定。"阿辉强调。

"你老去看伊,"老凌用埋怨的口气说,"第一次我带你看,后面几次你自己看,这两天你没去,伊情绪不正常,昨日黄昏头在河边白相,村里狮头鹅撵着打相打,几糟来。"

"那又怎么样?"阿辉不明白。

"昨夜里伊一夜不困觉,我安慰伊,叫你阿爹来揍狮头鹅——"老凌说,"我说的阿爹就是你。伊信了,今朝早晨头一个劲缠着要我带伊来见你。"

"它怎么给你说的?"阿辉觉得又吃惊又荒唐,申辩说,"我不是它爸爸!我连女朋友都没有,不会生出个野种!"

"想生你也生勿出来。"老凌不高兴了,白了阿辉一眼,"伊多灵光来。"

"你说人们都喜欢它,叫他们收养啊。"

"告诉过你,伊有骨骼关节鼠和髋关节发育勿良,箇把人们难住了。"

这阿辉就更不懂了,人们难住了,他就不难?说到关系，阿辉不喜欢别人硬来，俩人好和分手都一样，而且，他总不能带着一只残疾奶狗去应聘新职业吧？他感到脚上有点暖乎乎的，低头看。玛雅兴奋了一阵子，大概有点累了，这会儿工夫卧在他脚上，正仰头看他，眼神好像说，你是我爸爸吗？

阿辉知道他得做点什么，得告诉生着一双蓝色杏仁眼的小家伙，他不是它爸爸，也不认识它爸爸，不然接下来它会问，为什么你不来接我？你怎么把我抛弃了？阿辉没法回答这个问题。他不能总怪阿料。如果不得不用上"抛弃"这两个字，他也做过这种事。他四年没有回老家了，他还对弟弟阿煌说，滚！还有大脑门女孩阿夕，她不知道她那不负责任的热情给他带来过多少兴奋和苦恼，但他们最终没有走到一起。这些事，谁又没做过？

阿辉把玛雅从脚下抱开，离开那里去了灶厨前，从打包盒里的剩猪脚上切了几片"蹄尾"和"头圈"，又换成几片"回轮"和"四点"。他做这些事情的时候，玛雅一直歪歪扭扭跟着他，一步也不离开。阿辉把肉放到玛雅面前，它立刻凑到盘子边，吃得很香，好像刚放学回到家，饿了，不会挑剔粿条还是蚝烙，大人给它什么都行。

趁那个工夫，阿辉和跟过来的老凌把话说清楚，等他找到新的工作，他可以继续去收养站做义工，每月两次,一周一次也行,但他有他的生活,他没有工夫也没能力收养一只残疾奶狗,就是说,这事没门。

老凌不愿放弃,告诉阿辉,玛雅在收养站已经待了两个月,它这种情况如果没有人领养,就得接受安乐死。老凌目光直勾勾地看着阿辉,意思是阿辉找不找工作他不管,玛雅的命在阿辉手上,他想让它死就拒绝领养,其实他完全能救它。老凌那么说有点不讲理,有点疲惫,浓密的头发耷拉下一团,像涨潮的海水淹了一半的海桐,一点也不好看。

"关我什么事?"阿辉的声音像刚淖过水没进卤锅的猪脚,"又不是我定的规矩。"

"玛雅,走吧,箇坍面子,勿认你。"有一段时间老凌没说话,然后他拖长了悲伤的声音对那只幼犬说,"他看了你很多次,四次,我给他数着,一转头他就勿认了,很多人都是这样,勿认自家人。"

"听着,"阿辉知道不是心软的时候,他蹲下来,尽可能凑近枕着他脚踝犯困的小奶狗,伸出手拍了拍它,把它拍醒,那一刻,它软乎乎的毛发刺痛了他,"回你自己的地方,你不会喜欢这儿,知道吗,有个和你一样的,叫招财,它也走了,再没回来。"

"喂,勿要刺激伊,没见伊在绝望吗?伊对你失望至极!"老凌提高声音,然后让声音降低到其他人听不见,"玛雅,过来,离开他,我们走。"

小家伙大概感觉到了什么，不理老凌，用两只前爪抱住阿辉的脚，显得很犟。

"不，"阿辉说，"我不是你爸爸，也不认识他，他肯定是个喜欢抛弃的家伙，是个坏人！"

"勿要和伊这样说话，伊什么都记得！"老凌气呼呼的，意思是阿辉做了非常糟糕的事。

阿辉觉得他和老凌，他俩都失去了理智。他现在忙得要命，要把店里打扫得干干净净，把转让信息挂上网，然后搜索用工信息，总之他有很多事情要费脑子，谁也不该把一只小奶狗硬塞给他。

"勿要哭，玛雅，勿要落泪，好了，够了，莫让阿勿卵看出你在意他，我们回去。"老凌用膝盖粗鲁地顶阿辉的腿，这样就能把玛雅从阿辉脚上彻底剥下来了。

阿辉太犯难了。怎么会这样？一只懵懵懂懂的小奶狗，它知道什么，怎么会流泪？你觉得面对这样的事情，阿辉还有什么选择？

老凌走了。他来的时候带着一只小奶狗，走的时候打包走了剩下的那点猪脚。他还要去别的地方说服人们收养其他的流浪猫狗，他真是忙坏了，那只有着残疾的小奶狗，他留在店里了。

阿辉静静坐了会儿，关上店门，去了一趟隔壁建材店，带回一块海绵防潮垫，用它给小奶狗做了个舒服的窝。小奶狗在窝里专注地转着圈，像要搞清楚那是不是可靠的承诺。有一阵它有点走神,后腿无力地坐下,歪着脑袋盯着脚下的海绵气孔想心思,但它没有告诉阿辉它在想什么,可能那是个秘密。阿辉不知道小家伙的脑瓜里装着什么,它是不是记得父母的模样,众多的兄弟姐妹的气味,还有出生时一家人团聚的快乐时光。准确说,阿辉不知道如何做家长,抚育一只有着残疾的小奶狗长大,这是个非常重要的问题。

"对不起,"阿辉在小奶狗身边坐下,觉得那个姿势不对,学小奶狗的样子半卧下来,四肢斜着,头保持端正,看着对方的眼睛说,"我收回先前的话,我没见过你爸爸妈妈,但它们肯定很爱你,因为你是最好的狗,对不对?"然后他告诉它,"我也被人抛弃过,那没什么,我们能活得好好的,谁也不可以笑话,对不对?"

阿辉说完那番话,从地上爬起来,扫视了一圈收拾过半的门店,发着愣。他很想原谅阿料,阿料是雄心勃勃的人,一心想把店做成连锁。有一次他对阿辉说,阿辉,以后你当总经理,负责管理和推广,我当总厨,负责研究菜品。阿辉计算过,刚开店时,他们每天能卖出150份到180份猪脚饭,如果扩大规模,完全可以卖到500份,连锁算10家吧,就是5000份,一年总计1825万份,相当于每个深圳人都能吃上他们的猪脚饭,那还算流浪吗?现在阿辉想,让阿料去创造全新时代吧,他只管老汤猪脚,它才是这座城市的精神。他这么说并不是吹牛，整个疫情期间，被封在出租屋里的一千多万打工人说得最多的话，是"想念猪脚饭"。

阿辉那么想过之后，把打好包的纸箱拆了，从卤桶里把厨具一样一样拿出来，放回原处。卤汤的香料配方只能由他来完成，比如质量更好的陈皮和罗汉果，而且海带也不是唯一提鲜的材料，他还要自己研制辣酱。要尝试的事情很多，每一样都不容易，但他确定不会在卤汤里加牛骨和鸡架鸭架，他要做纯粹的猪脚阿辉。

第二天，阿辉去溪涌收养站办理了领养玛雅的手续。他没让老凌代劳。老凌知道阿辉恨死自己了，躲得远远的，好像从来没有见过阿辉，只是在阿辉承诺玛雅成年后带它去兽医那儿改打八联疫苗、做结扎术、接受收养站不定期追踪家访，然后填写领养协议书时，他才从阿辉身后目不斜视地走过，手指划过笼子栅栏，发出一连串神秘信号。

那以后的日子，阿辉发奋工作，卤料配方改了几十遍。半个月后，阿辉招了一位师傅，猪脚饭店正式恢复营业，店里有了生气，到春暖花开时，店里每天能卖出二百份猪脚饭了。

阿辉和小家伙相处得不错，店里忙着的时候，阿辉偶尔会分分心，脑子里冒出"它在哪儿"的念头。有时候阿辉会叫小家伙，阿料，阿料，看看外面排了多少客人。阿料，阿料，别跟阿蒙跑，他送外卖，你帮不上忙。是的，阿辉给小家伙改了名，现在它不叫玛雅，改叫阿料，但不是另一个阿料，他俩完全不一样。

"你不在南极生活，也不是演员，不需要叫玛雅。"第一次给小家伙做取鼠骨术，手术做完后，阿辉抱着委屈的小家伙离开诊所，对它说，"哥哥给你取个新名字，以后你叫阿料。阿，指亲密，是哥哥和你的关系。料，指厉害，你很厉害的意思。你同不同意？"

小奶狗还没完全摆脱麻醉状态，但它点了点头，意思是同意，这事就定下来了。

阿辉和阿料，他俩现在有了一个家。阿辉在学校学的是烹调工艺与制作、厨房管理和烹饪美学，没有学过物种学和物种伦理学，不能确定他和阿料"家"的深刻含义，目前不打算和阿料讨论这件事。阿料做过手术后有点不适应，但它会好起来，会勇敢面对第二次和第三次手术，他们有的是时间讨论。

多数时候，阿辉在店里忙碌，阿料喜欢蹲在店门口，数街上来来往往的脚。那些脚从内陆和海洋地区来，散发出强烈的流浪者气味，每一双都不肯停下来。玩具？阿辉没买，阿料不是宠物，不需要。阿料拥有数不尽的猪趾骨和筒骨，别的猫狗不可能见过这么多的骨头，这方面阿料相当骄傲。阿料喜欢那些骨头，它叼着它们在窝外堆了一座城堡，它在那里跳进跳出，气喘吁吁，没有比这个更适合一只狗的成长。不过，骨头城堡太容易坍塌，多数时候，阿料不得不气急败坏地重新建筑它，阿辉就知道，凡是创造出来的东西都不结实，容易坍塌，得重建，这让阿料有事情做了。

阿辉呢？阿辉戒掉了一些不利于家庭生活的东西，槟榔和抖音什么的。他要挣钱继续给阿料做手术，还要扩大门店规模，这些事情可没那么简单。也许他做不到，也许事情会让他搞砸，那样他和阿料只能去流浪。但这没什么，这个世界就是这样，有各种各样的流浪者，人们总能找到立足之地，不然老是走来走去，脚会累的。

阿辉很忙，有时候他会有点忧伤，想起《零下八度》里那条叫玛雅的狗。阿辉会想，阿料长大后会是什么样？没有暴风雪的日子，它怎么解脱和原谅？阿辉确定自己不会去香港找另一个阿料，那没用，过去那边是另一个世界，三年前的6月30日后，他们是同一个世界了，也许阿料的猪脚饭比阿辉卖得贵，但味道就不一定了；如果阿料破碎的心还没有缝合起来，他只能去更远的地方，没有别的办法。

到了四月份，城市满山满湾花海绽放，店外街边的风铃木和花旗木开得要飞上天，外卖打包时手慢一点，饭盒里就会落进一两片云霞般的花瓣。那天晚上打烊后，阿辉收拾完灶台，突然想起那个生了一头浓密头发的中年人，老凌。那家伙不识货，留下阿料那次打包走了店里剩下的猪脚，不知道吃完后有没有骂自己。阿辉一时脸上发烫，想到应该弥补错误，请人家来店里尝尝自己用新配方卤出的软糯猪脚饭，他会开心死。

阿辉叫，阿料，阿料。那会儿阿料正气鼓鼓不得章法地重建坍塌的骨头城堡。阿辉的意思是，电话他俩一起打，这样才有意义。阿料有点不情愿，但事情由不得它。

阿辉拨通收养站的电话。接电话的不是阿辉要找的人，是另一位义工。然后阿辉就知道了一些事情，关于四个月前的一次复阳，心肌炎和耽搁了什么的，还有接下来几天收养站几百只流浪猫狗整夜整夜反常的表现。

阿辉不清楚自己什么时候挂断的电话，他想起之前没听懂的那句话，"如果有人流浪，你就没有家；有人关在笼舍里，你就没有自由；有人遭受暴力，你就是受害者；有人失去亲人，你就生活在痛苦里。"等醒悟过来，他揣好手机，把急于离开的阿料抱起来，放在腿上，要阿料看着自己的眼睛。他不知道该怎么告诉阿料这件事情，只知道应该对它说点什么，肯定要说。

"阿料，你记住，牢牢记住，阿辉永远不会抛弃阿料，阿料也不要抛弃阿辉。"他认真对那只哈士奇，学名西伯利亚雪橇犬，人们喜欢叫它二哈的少年说，"因为我们不要做流浪者，那件事情我们不能同意，因为要是一直流浪，我们的心会碎。"

阿料听懂了，对阿辉点点头，矫健地跳下地，勇气十足地去重建它的骨头城堡。它的两条后腿蹬在阿辉受过伤的那只膝盖上，已经有了那么点力量，阿辉感觉到了。

2023 年 1 月 26 日

于深圳聆海室

后 记

这套小书共7册，收录了我2011年到2023年间发表的全部短小说。

2009年，我离开生活了近三十年的中原，携全家迁居南海边陲。之前因一些生活变故，我停止了写作三年，来南方后的头两年也没写，实际上和小说渐行渐远。那些年我的生活基本建立在家庭事务上——在南方挽草结庐，安顿下全家，每天陪母亲去楼下公园、东海岸或南海湾享受温暖阳光和干净空气，遇到风雨天就带她去看室内画展，同时帮助孩子们尽快接续上工作和学业，心里想，家人最好喜欢新的生活环境，不然我就犯下了大错——因为这些事情忙得不可开交。

直到2011年元旦的晚上，一位朋友打电话来问候我的母亲，说些吉祥话逗老人开心，然后我接过电话，和朋友闲聊了一会儿。挂电话前，朋友突然问我，你几年没写了，还会回到小说上吗？我被这句话问住了，下意识回答"当然"。这么说我心里其实没有底——朋友若是不提，我不会主动去想它，即使想到也会遮蔽过去。

来南方后的小说写作就这么突如其来地开始了。第二天我坐到书桌前，生疏地写下《我在红树林想到的事情》这个题目，然后写了一个简单故事，内容是两个男人和一只黑脸琵鹭，三个素昧平生的生命的一次偶然遭遇。当天晚上我拨通朋友电话，说了四个字，"我回来了"，就挂断了电话。事情的肇始过程纪录在我第一部南方短小说集的跋里，那篇跋的题目叫《消失给你看，或死给你看》。

从2011年起，每年我都会写几个短小说，通常是集中一段时间写，写的时候潮水覆岸，分不出浩渺和广袤，以及它们之下有些什么，写到汐潮突然退去，就知道今年的写作结束了，就去做别的事情。也有例外。2016年因为写长篇，没写短的；2019年家庭再遇变故，那年只写了一篇。12年时间，我写下六七十篇短小说，按顺序两年结集一部，没有中短篇区分。前两部由海天出版社——现在叫深圳出版集团——出版，第三部起转到花城出版社，直到眼下。读者读到的这套短小说，多数篇什之前结集出版过，这一次是集中出版。

迁居南方前，我按刊物和出版社对小说篇幅用稿标准写作，短些的分成中篇和短篇，虽非篇篇严格，结构上有考虑。到南方后重拾短制，感到篇幅如按单一榫卯式，抑制了故事的开阖，索性不纠结，只当作短小说来写。我不知道这与南方疯长的植被、恣肆的水域和来去如疾的台风的影响有没有关系。恢复写作那年，深圳出版社约我为他们编一套"中短篇"小说丛书，我说服他们使用"短小说"概念，他们接受了。现在这套小书也是，我和花城出版社商量，能不能不叫中短篇小说，叫短小说，他们也同意了。除此外，这套书的体例和版式是出版社和设计师决定的，我没参与。

谢谢花城出版社，它如此热情慷慨，把我到南方后发表的所有短制收集到一起。谢谢张懿社长，是她的美意促成了这套书现在的样子，这使我在南方的写作结果像一丛盘旋交错的植物了。谢谢这套书的责编林菁老师，以及她团队的小伙伴，我在花城出版社所有的书都是他们编辑的，他们对我的懒散疏离给予了最大宽容。谢谢这套书的设计者韩湛宁先生，他为此付出了长达一年多时间的较真工作，这期间他连博士论文都写完了，可见这套书的设计难度和他的严谨态度。

谢谢我的二姐，我在南方生活的前十年，她几乎每个月都抽出一周从中原赶来南方帮我照顾母亲，让我多点时间写作。而这一切的源头是我的母亲，因为她，我才拥有了一段不期而至的南方生活，附带着有了一些不同以往的生命体验，它们一部分变成了故事保留在这套小书里——迁居南方原本不在我的计划中，正如来到这个世界不是我的计划，我生命中的多数际遇是母亲带给我的，她离开这个世界后，我尝试过返回中原生活，没有做到，这么说，我还得在南方继续生活，并且写下点什么。

　　这套短小说的背景大致就是这些,希望对读者有用。

邓一光
2025年1月2日